회귀자 사용설명서

WISHBOOKS FANTASY STORY

회귀자 사용설명서 18

흙수저 판타지 장편소설

초판 1쇄 찍은 날 | 2019년 7월 17일
초판 1쇄 펴낸 날 | 2019년 7월 24일

지은이 | 흙수저
펴낸이 | 예경원

기획 | 위시북스
편집책임 | 이규재
편집 | 위시북스

펴낸곳 | 예원북스
등록번호 | 제396-2012-000132호
등록일자 | 2012. 7. 25
KFN | 제1-443호

주소 | 경기도 고양시 일산동구 호수로 646-24 위너스21 II 빌딩 206A호 (우)10401
전화 | 031-819-9431 팩스 | 031-817-9432
E-mail | yewonbooks@naver.com

ISBN 979-11-6424-592-5 04810
979-11-6098-877-2 (set)

※ 이 도서의 국립중앙도서관 출판시도서목록(CIP)은 서지정보유통지원시스템 홈페이지(http://seoji.go.kr)와 국가자료공동목록시스템(http://www.nl.go.kr/kolisnet)에서 이용하실 수 있습니다.

18
흙수저 판타지 장편소설
WISHBOOKS FANTASY STORY
회귀자 사용설명서
Wish Books

회귀자 사용설명서

CONTENTS

111장
만약 적이라면

"이건 정말 뭐라고 설명할 방법이 없네요. 제대로 싸우는 건 처음 보는데 이건 뭐라고……. 어떻게 이런 사람이……. 사람이 어떻게 이렇게까지 강할 수 있죠?"

입을 벌린 채 중얼거리는 이지혜의 모습이 시야에 비쳤다. 조용히 화면을 응시하고 있는 걸 보니 아무리 생각해도 이 광경이 납득되지 않는 모양이다.

하물며 정신없는 전쟁터 한가운데에 있는 이들은 어떨까. 전체적으로 맵을 살펴볼 수 있는 우리보다 더하면 더했지 덜하진 않을 것이다.

'전술 김현성. 전술 김현성.'

이지혜의 입장에서는 농담으로 던진 단어일 수도 있을 것이다. 하지만 마력 홀로그램에 비친 맵 곳곳에 전술 김현성이 떨어진 흔적들이 보인다.

심지어 마구잡이로 때려죽인 것도 아니다. 죽이기보다는 깔끔하게 전투 불능으로 만든 것이 대다수. 그 모습을 보고 있자면 저렇게 얼이 빠지는 것도 무리는 아니라는 거다. 저런 상태로 살려 놓는 게 죽이는 것보다 훨씬 어렵다는 건 지나가던 개도 안다.

물론 나 역시도 비슷한 감정을 느끼고 있다. 녀석이 강하다는 건 이해하고 있었지만 개인이 이 정도로 전장에 영향을 끼칠 수 있다는 게 선뜻 받아들이기 어려웠다.

네임드들이 전황을 뒤집을 수 있다는 건 알고 있다. 하지만 김현성이 보여주고 있는 모습은 규격 외의 존재들이 보여주는 모습 중에서도 격이 다르다. 물론 여러 상황이 맞물리기는 했지만 착실하게 지령을 완수하는 놈이 조금은 낯설어 보일 정도였다.

검을 들고 서 있는 모습을 화면으로 바라보자 괜스레 등 뒤로는 쭈뼛쭈뼛 소름이 돋기 시작. 온몸에 털이 전부 곤두선 것 같은 기분의 정체는 바로 경외다. 마치 이야기 속에 나오는 용사 같은 느낌이었으니 다른 표현이 필요 없으리라.

'그래. 현성아, 네가 최고다. 키야.'

아마 이지혜의 경우는 내가 느끼는 것보다 더할 것이다. 그나마 가까이서 녀석의 활약상을 봐왔던 나와는 달리 김현성의 본 실력을 목도하는 것은 이번이 처음일 테니까. 녀석의 스탯창도 들여다본 적 없으니 느끼는 충격이 이만저만이 아닐 것이다.

아직도 입을 벌리고 있는 모습이 가관이다. 지휘하던 부대에 지령을 넣은 이후에 저런 표정을 하고 있는지가 궁금해진다.

"대단하지? 마지막에 검 휘두르는 거 봤어? 아니, 그전에 마법사 잡는 건?"

"그런 걸 제가 어떻게 봤겠어요. 그리고 저게 대단하다는 말로 정리할 수 있는 거예요? 지금까지 봐온 네임드 모두 괴물이라고 생각했지만 저 괴물은 그중에서도 제일 이해할 수 없어요. 처음 만났을 때부터 특별하다고 생각은 했지만…… 아무리 생각해도 이해가 가지 않는다고요. 인간이 맞는지도 의심스러운데, 겨우 대단하냐는 게 다예요? 현성 씨 정말 사람 맞아요?"

"그럼 뭐겠어?"

"글쎄요. 다른 건 몰라도 특별하다는 것 하나는 알겠네요. 생각해 보면 튜토리얼도 그래. 어떻게 사람이 그렇게…… 물론 옛날 기억 같은 건 지금 제가 느끼고 있는 심정이랑은 비교도 안 되지만 그때부터 사람이 묘하긴 했죠."

"푸핫, 그래?"

"물론 이번 작품은 오빠의 영향이 있었다는 것도 알고 있지만…… 아니, 오빠도 제 눈에는 똑같아 보이긴 하네요. 조금 덜할 뿐이지. 그래도 저 사람이 이해할 수 없는 사람이라는 건 부정할 수 없는 사실이에요. 세상 정말로 불공평하네요. 오빠가 왜 죽자 살자 현성 오빠한테 매달리는지 대충은 알겠어요. 네. 정말로…… 지금 꿈꾸고 있는 거 아니죠?"

"아니야. 사실 나도 이 정도일 줄은 몰랐어. 대충 예상은 했지만. 우리 길드 애들 반응 보면 이해가 가지?"

"꼭 오빠 길드뿐만이 아니라 주변 병사들 표정만 봐도 충분히 이해돼요. 지금 내가 보고 있는 게 얼마나 말도 안 되는 일인지. 저런 게 마음먹고 한 명 죽이자고 달려들면, 장담컨대 막을 수 있는 사람은 아무도 없을 거예요. 아무도요."

"그렇긴 하겠지만……. 너무 깊이 생각하지 마, 누나. 어차피 저런 종류는 우리랑 종족이 다르다고 보면 되니까. 그나저나 부대는?"

"괜찮아요. 지금은 타 지휘관에게 승계한 상태니까. 위기가 되는 구간은 지났고 적 네임드도 생포했으니 아주 약간은 여유가 생겼어요. 물론 안심할 수 있는 상황은 아니지만……. 일단 지금은 최대한 빠르고 안전하게 전투를 마무리해야 해요. 그런 다음 부대를 재정비하고 캐슬락으로 향해야죠. 여기서 시간이 끌리는 건 악마 소환사 그 사람이 가장 바라는 일일 거라고요."

이지혜의 목소리에 절로 고개가 끄덕여졌다.

적 지휘관을 잡았을 뿐 전투는 아직도 진행되고 있다. 물론 현재 상황을 판단해 본다면 승자와 패자가 정해졌다 말할 수는 있다.

하지만 궁지에 몰린 쥐도 가끔은 고양이를 문다. 아무리 낙관적인 상황이라고 한들 마음 편히 있을 수는 없다는 거다.

아마 아직도 캐슬락에서는 공성전과 수성전이 진행되는 도중일 터. 이 전투의 목적이 본대의 진입을 지연시키기 위해서였다면 진청의 입장에서도 반 정도는 성공이라 할 수 있으리라.

'생각보다는 빠르게 정리할 수 있을 것 같지만…….'

"그래도 느려."

전투가 끝난 이후 사후 처리, 병력의 컨디션 등을 고려해 보면 대승이지만 대승이라고만은 할 수 없는 싸움.

적군의 피해가 크기는 하지만 아군의 피해도 결코 적은 수준은 아니다. 치명적이지는 않지만 다음 싸움을 무리 없이 펼칠 수 있겠냐고 묻는다면 고개를 저을 것이다.

그나마 김현성이 자리해 있어서 다행이다. 만약 사랑스러운 회귀자의 활약이 없었다면 지금보다 상황이 꼬였으리라.

아무튼 작금의 상황에서 고를 수 있는 선택지는 두 가지. 조금 더 무리해서 병력을 이끌고 캐슬락에 도달하느냐, 아니면 조금 느리더라도 온전한 컨디션을 유지하느냐.

'답은 정해져 있지만…….'

그래도 고민할 수밖에 없다.

슬쩍 고개를 돌려 이지혜를 바라보니 나와 비슷한 생각을 하는 건지 곰곰이 생각에 빠져 있다. 책상과 허벅지를 툭툭 두드리는 모습은 누가 봐도 무언가를 고민하는 모습. 하지만 어떤 게 현명한 선택인지에 대해서는 이미 알고 있을 것이다.

"귀환입니다, 현성 씨."

'어쩔 수 없지.'

-전투가 끝나지 않았습니다만, 이대로 괜찮은 겁니까.

"일단은 귀환하시는 게 좋을 것 같습니다. 이번 한 번으로 전쟁이 끝나는 것은 아니니까요."

-네. 확인했습니다. 생포한 적과 함께 귀환하도록 하겠습니다.

"네."

캐슬락 공성전을 펼치고 있을 적과 마주하는 것은 괜찮다. 하지만 이후에 어떤 변수가 있을지 모른다는 걸 생각해 보면 전력을 최대한 유지하는 게 현명한 방법이리라. 특히나 네임드의 체력 관리는 필수 요소 중 하나다. 중간에 회귀자가 퍼지기라도 한다면 여러모로 상황이 불행해진다.

내가 입을 열자 이지혜도 다시금 여신의 거울을 바라보며 지시 사항을 전달하는 모습. 하지만 여전히 얼굴에는 정체를 알 수 없는 근심이 드리워져 있었다.

'재 왜 저래?'

"누나, 뭔 일 있어?"

"아니요. 잠깐 생각할 게 있어서요."

"지금 이대로 가는 게 맞겠지?"

"아, 네. 병력 컨디션을 걱정하시는 거네요. 저도 불안하지만 이건 어쩔 수 없다고 생각해요. 캐슬락도 아직은 무너지지 않은 것 같고, 물론 위태롭다는 건 알고 있지만 조금 더 버텨주기를 바라는 게 맞죠. 만약 잘못 들어갔다가 이쪽까지 피해가 오면 거기서 전쟁은 끝이니까. 아마 저쪽에서 가장 원하고 있는 상황이겠죠."

"만약 진청 손에 캐슬락이 넘어간다면……."

"그럼 다시 한번 상황이 복잡해지는 거겠죠. 그때는 대륙법이고 국제사회고 전부 무시하고 생화학 병기라도 풀어야 하지 않나 싶어요. 그게 아니라면 피해가 막심할 거예요."

그 말 그대로 단순히 복잡해진다는 말로 설명할 수 없는 사태가 벌어질 것이다.

거점을 잃는 것으로 끝나는 문제가 아니다. 사실상 이번 전투로 어느 한쪽은 회생 불가능한 피해를 입을지도 모른다. 그야말로 전쟁을 끝낼 수 있을 정도, 서로 투자한 게 많으니 무리는 아니리라.

교국이 소모한 병력과 보급은 숫자로 셀 수 없을 정도. 물론 그 정도의 물량을 소비한 것은 공화국 쪽 역시 마찬가지다.

다음 싸움에 전쟁이 끝난다는 건 과장이라 할 수도 있지만, 만약 전쟁이 끝나지 않더라도 팽팽한 전세가 어느 한쪽으로 기우는 것은 어쩔 수 없다고 생각했다.

현 전황이 그렇다. 악마 소환사도 동부 전선에 있는 모든 병력을 불러 모았고 교국 역시 여유가 없다. 최소한의 방어 군대를 제외한 이종족 연합을 전부 데리고 왔으니 다른 말이 필요 없으리라.

녀석 역시 이 상황을 인지하고 있음이 분명했다. 필요한 것이 거점이라 생각하기 때문에 포커스를 맞추고 있음이 틀림없다.

여신의 거울을 바라보자 아직도 전장에 머물며 조금씩 도움을 주고 있는 김현성과 적 병력과 투닥거리는 아군의 모습이 시야에 비쳤다. 귀환하라고 했음에도 그냥 지나치지 못하겠나 보다. 하지만 이쪽으로 계속해서 향하는 것을 보니 말 그대로 한 손 거드는 것에 불과하다.

'그래. 그래. 무리하지는 마라, 현성아. 푹 쉬어야지.'

그 와중에도 적은 끈질기게 아군을 물고 늘어지는 중이다. 충성심이 강한 놈들로만 구성했는지는 모르겠지만 아등바등하는 꼴이 심기를 불편하게 한다.

"그냥 저걸 쓸어버려야 하나……."

전형적인 발목 잡기에 조금 마음이 초조해진다. 말 그대로 현 캐슬락을 무슨 수를 써서라도 먹겠다고 소리를 지르는 꼴이니 이런 마음이 생기지 않는 것이 이상하리라.

'디아루기아를 먼저 보내는 게 좋을까.'

아니면.

'지금이라도 곧바로 길을 뚫어야 하는 건가.'

체력에 여유가 있는 이들을 1차로 보내기엔 위험 부담이 있지만 한시가 급한 만큼 도박을 감행할 필요는 있다.

어떤 것을 생각해도 협의가 필요한 타이밍.

살짝 고개를 돌리자 여전히 굳은 얼굴로 테이블을 툭툭 두드리는 이지혜의 얼굴을 볼 수 있었다. 누가 봐도 심각한 얼굴은 마치 세상 근심을 모조리 떠안고 있는 것처럼 보였다.

벌써 세 번이다. 보통 그녀가 일을 할 때 다른 생각을 하지 않는다는 걸 떠올려 보면 확연히 다른 모습이다. 전투에서 승리한 군사의 표정이라고 하기에는 너무 어두워 괜스레 나 역시 불안해질 정도였다.

'시발. 뭔 일 터진 거 아니야?'

혹시라도 내가 읽지 못하는 걸 읽고 있을 수도 있으니까.

"누나, 왜 그래?"

"네?"

"뭐 문제라도 있어?"

"아뇨. 딱히 그런 건 아니에요. 전황도 나쁘지는 않고요. 그냥 혼자서 망상 한번 해봤어요."

"무슨 망상."

"누구나 다 할 수 있는 생각이요."

"……."

"예를 들면."

"예를 들면?"

"재가 만약 적이라면 어떻게 할까. 이런 생각?"

예상치 못한 말에 고개를 들어 이지혜를 바라봤다. 눈 한번 깜빡이지 않고 나를 바라보는 얼굴이 시야에 비쳤다.

"어떨 것 같아요? 만약에 김현성이 우리 적이라면. 감당할 수 있을 것 같아요?"

'얘 봐라…….'

농담으로 던진 소리라고 하기엔 무척이나 진지한 표정과 분위기였다. 농담으로 던진 말이 아니다. 아까부터 계속 고민하던 게 이게 맞았던 모양.

대충은 이지혜가 무슨 생각을 하고 있었는지에 대해 깨달을 수 있었다. 방금 본 광경이 그만큼 충격적으로 다가왔기 때문이리라.

다시 한번 표정을 확인하자 아니나 다를까 조금 불안해하는 듯한 얼굴이 시야에 비쳤다. 평소답지 않게 눈빛은 흔들리고 있었고 심지어는 얼굴이 푸르죽죽해져 있다.

'이거 걱정하고 있는 거구나.'

높은 확률로 김현성이 적이 됐을 경우를 상상한 것이 분명.

솔직히 한 번쯤은 할 수 있는 생각이기는 하다. 나 역시도 생각해 본 적이 있었으니까. 저런 광경을 봤다면 더욱더 그렇다는 거다.

아마 이걸 본 다른 권력자들은 모두가 이지혜 같은 생각을 하고 있을 것이다. 그만큼 녀석이 보여준 모습은 충격적이었고 경이로웠다.

한 인간이 어느 정도까지 위로 올라갈 수 있는지를 보여줄 수 있는 지표.

나 같은 경우야 빛과 함께해 그나마 위화감이 덜하긴 하지만 김현성이 전장에서 보여준 모습은 온갖 견제를 받기에 충분한 모습이었다.

쓸데없는 걱정이 많은 그녀로서는 김현성이 적이 됐을 때의 모습을 진지하게 생각해 본 게 이상한 일은 아니다.

"감당할 수 있겠어요?"

"글쎄."

"……."

"……."

"이상하게 보지 말라고 했잖아요. 저는 당당하게 물어볼 수 있는 걸 물어본 거예요. 솔직히 저도 이 정도일 거라고는 전혀 생각 못 했다고요. 만약에 김현성이 적이 된다고 생각해 보니까 갑자기 없던 불안함도 몰려들어 와서 그래요. 참고로 저는 자신 없어요. 난 저런 게 적이라면 깔끔하게 패배를 인정해요. 뭐 오빠랑 같이 있다고 가정하면 어떻게 비벼볼 수 있을지는 모르겠는데 그것도 쓸 말이 있어야 가능하죠. 맨몸으로 저런 거랑 부딪치는 건 무리예요."

나 역시 마찬가지, 갑작스레 날아 들어와 검을 날린다면 피할 수 있을 리가 없다.

"오늘의 친구가 내일의 적이 되는 세상인데…… 그럴 일은 없겠지만 만약 현성이 오빠가 오빠를 밀어내려고 하면 방법이 없잖아요? 물론 저 사람이 무골호인에 바보같이 착하다는 것 정도는 알고 있지만 그렇다고 또 호구나 손해 보는 짓을 하는 종류의 사람은 아니기도 하고…… 그건 튜토리얼 이후만 봐도 답이 나오죠. 오빠가 현성 오빠를 믿는 건 이해하지만 언제 변할지 모르는 게 사람 욕심이라는 걸 생각해 보면 찢어질 가능성이 낮은 건 아니에요."

"글쎄 사실 찢어질 것 같지는 않은데…… 그리고 지금 상황에 이런 이야기가 왜 나와?"

"지금 상황이니까 이런 말씀을 드리는 거예요. 그냥 대비할 수 있을 때 대비하자는 거지. 나중에 일 터지고 나서 대비하면 무조건 늦어요. 쓸데없는 소리 해서 죄송하기는 한데 그냥 갑자기 그런 생각이 들었네요. 미친 듯이 불안한 거. 왜 모험을 끝낸 용사 일행을 숙청시키려고 하는 클리셰가 태어났는지 이해가 된다니까요? 너무 날카로운 검은 위험하잖아요?"

"그럴 일 없어."

"장담할 수 있어요? 오빠 의심 많잖아."

"……."

"참고로 제 욕심 때문에 이런 말 하는 게 아니랍니다. 진심에서 우러나오는 걱정인 거지. 내 남자가 1등 되고 싶은 걸 보고 싶어서 그 라이벌을 쳐내자고 말하는 건 절대로 아니에요. 내가 욕심이 조금 많은 건 맞지만 그 정도로 사이코패스는 저얼대, 저얼대로 아니라고요. 전 그냥 확답을 듣고 싶은 거예요. 찢어질 일이 없는지, 또 만약 적으로 만난다면 감당할 수 있는지. 만약 컨트롤 할 수 있는 수단이 있다면 그게 뭔지."

천천히 고민에 빠진 것은 당연지사.

'욕심이 없기는 개뿔이…….'

솔직히 이지혜의 욕심이 1%도 들어가지 않았다는 건 믿을 수 없다. 이지혜의 성향을 생각하면 더욱더 그렇다. 그녀로서는 나를 견제하거나 브레이크를 걸 수 있는 권력이 앞에 있다는 것 자체가 그다지 마음에 들지 않았으리라.

만약 이번 전쟁이 끝난다면 대륙은 평화의 길로 접어든 것이나 마찬가지. 물론 어떤 퀘스트가 더 남아 있는지는 알 수 없지만 1회 차를 알 리가 없는 이지혜의 눈에는 틀림없이 그렇게 비치고 있을 것이다.

'싸움은 끝. 이제는 나누어 먹을 일만 남아 있구나'라고.

그렇게 생각해 보면 김현성의 포지션이 애매하기는 하다. 지금까지는 파란의 길드마스터라는 것 정도가 끝. 가지고 있는 권력이 제한되어 있었지만 이번 전쟁이 끝나도 그렇게 되리라는 건 아무도 믿지 않을 것이다.

당장 이번 전투에서 벌인 활약상 역시 점수를 받을 만하다는 거다. 이미 대중은 김현성이 어느 정도로 강한지 알게 됐다.

커다란 힘에 커다란 책임이 따른다는 소리를 들어본 적이 있지만 내가 생각하는 건 조금 다르다.

커다란 힘에는 커다란 권력이 따른다. 그 말 그대로. 김현성이 가지고 있는 힘은 필연적으로 권력을 불러오게 될 것이다. 굳이 교국이 아니더라도 어딘가에서 자리 하나 얻을 확률이 높다는 거다.

대외적으로도 명예추기경 이기영이 속해 있는 길드의 길드마스터라고 알려져 있을 테니 그에 걸맞은 자리를 받는 것은 이미 예정된 일.

여기에서 이지혜의 고민이 수면 위로 모습을 드러낼 수밖에 없다. 감당할 수 없는 초월적인 무력을 가지고 있는 존재가 권력을 갖는다는 게 달갑지 않게 느껴지는 것이다.

그녀의 성격을 생각해 보면 언제든지 우리를 견제할 수 있고 우리의 목을 칠 수 있는 존재가 성장하는 걸 가만히 지켜보고 있는 게 더 이상할 것이다.

물론 그녀가 이쪽을 걱정하고 있는 것은 맞다. 나 역시 그건에 대해서는 몇 번은 생각해 본 적이 있었으니까.

괜스레 김현성의 얼굴을 떠올린 것은 당연지사. 하지만 아무리 생각해도 녀석이 내게 검을 겨누는 모습은 잘 상상이 가지 않았다.

혹시나 이쪽을 1회 차의 가면 쓰레기라 오해할 확률이 아예 없는 건 아니지만 들어놓은 보험이 많으니 여기저기 잘 빠져나갈 자신이 있다.

'이번 것만 마무리하면 일이 잘 풀릴 수도 있다는 거고…….'

녀석이 개인적인 욕심 때문에 나를 버린다는 것 또한 말도 안 되는 이야기. 최소한 지금까지 봐온 김현성의 모습은 그런 이미지와는 거리가 멀다. 물론 언제 어떻게 변할지 모르는 게 인간관계라지만…….

'그럴 리가 없지.'

빠르게 생각을 정리하고 천천히 입을 열자 여전히 의심스럽다는 듯이 나를 바라보는 이지혜의 모습이 시야에 비쳤다.

"찢어질 일은 없어."

"정말이죠?"

"응. 절대로 갈라질 일은 없으니까 걱정은 붙들어 매. 그리고 누나."

"네?"

"너무 욕심부리면 탈 나는 거 알지?"

"제, 제가 뭐라고 했나요? 알고 있어요. 지금까지 행동하는 걸 보면 충분히 알 수 있는 이야기라고요."

"누나 말대로 내가 야망 같은 게 없는 건 아니지만 나는 그만큼 내 주제나 한계도 잘 파악하고 있거든. 현성이 쪽에서 나랑 척지고 싶다고 해도 내가 그쪽이랑 척질 생각이 없어. 조금 다른 쪽으로 생각해 봐. 저런 게 내 편이면 우리 적들이 나한테 뭐라고 할 수나 있겠어?"

"흐음……."

"저런 사람이 우리 편이라고…… 장담하는데, 내 손가락질 한 번에 덜덜 떠는 사람이 한둘이 아니게 될걸? 말하자면 나는 핵 단추를 보유하고 있는 사람이 된다는 거야."

"그렇게 단언할 수 있어요? 오빠가 그런 생각을 한다고 해도 저쪽에서 그런 생각을 안 할 거란 보장은 없는데. 그리고 욕심 부리자는 게 아니잖아요. 가지고 있는 걸 뺏기지 말자는 거지."

"지혜 누나."

"네?"

"내가 가지고 있는 걸 뺏길 사람으로 보여?"

"……."

"정말로 그렇게 보여?"

"아니요."

"그럼 여기서 대화는 끝. 아무 문제 없으니까. 앞으로 그런 말은 입 밖으로 내뱉지 마. 내 앞에서든 다른 사람 앞에서든. 절대로 이걸로 왈가불가하지 말고. 만약에 그런 상황이 오면 내가 다 알아서 할 테니까. 현 상황에서 괜한 분란 만들 필요 없다는 거 누나가 더 잘 알고 있다고 믿어. 지금은 악마 소환사 일만 생각해도 머리가 깨질 것 같다고."

"알겠어요. 그러니까 사람 좀 그렇게 보지 마요. 정말로 걱정돼서 한 소리니까. 오빠가 문제가 없다면 믿을게요. 네. 믿어야죠."

"쓸데없는 생각 할 시간 있으면 앞에 있는 전투나 마무리해줘. 누나. 캐슬락으로 갈 병력 편성도 마찬가지고."

"네, 네. 알겠습니다. 알겠어요."

대화는 이걸로 끝. 입을 꾹 다물고 알겠다는 듯이 고개를 끄덕이는 이지혜의 모습이 시야에 비치기는 했지만 입술이 삐죽하고 튀어나온 게 뭔가 불만이 있기는 있는 모양이다.

머리로는 이해하지만 뭔가 탐탁지 않아 하는 듯한 느낌. 혹시나 나 모르게 쓸데없는 일을 벌일까 하는 생각이 들기는 했지만 하지 말라는 걸 할 정도로 멍청하지는 않다.

"쓸데없는 짓 하지 마. 누나."

"알겠다니까요. 그러니까 그만해요. 아무 짓도 안 할 테니까. 대신 나중에 뒤통수 맞고 나서 후회하지 마요."

밖에서 문을 똑똑 두드리는 소리가 들린 것은 바로 그때였다.

"호랑이도 제 말 하면 오네요."

문을 두드린 사람이 누구인지는 뻔하다. 후다닥 뛰어나간 이지혜가 천천히 문을 여니 조용히 밖에서 기다리고 있는 김현성이 시야에 비친다.

"아! 현성 오빠!"

"갑자기 죄송합니다."

"아니에요. 정말로 고생하셨어요. 정말 대단하시더라고요."

순식간에 표정을 뒤바꾸고 환하게 웃는 이지혜의 모습은 조금 무섭다.

'여우가 따로 없네.'

그 말 그대로, 방금 전까지 감당 어쩌고를 말한 사람이라고는 믿기지 않을 정도의 태세전환이다. 나보다 더 빠른 전환러를

꼽자면 그 순위에 당당하게 이지혜가 자리 잡고 있을 것이다.

"바쁘실 텐데……."

"아니요. 전혀요. 마침 전투도 마무리되는 중이고요. 그런데 무슨 일로……."

"딱히 이유가 있다기보다는…… 그저 어떤 식으로 상황이 흘러가는지 궁금해서 말입니다."

"아…… 네, 네. 앉으세요. 어떻게 차라도 준비해 드릴까요?"

"아니요. 괜찮습니다, 지혜 씨."

이지혜와 짧은 대화를 나누면서 안으로 들어오는 김현성이 이쪽을 힐끔 바라보는 것이 눈에 보인다. 어지간히 지휘통제실이 궁금했던 모양.

이유는 모르겠지만 조금 흥분한 것처럼 보였다. 마치 놀이동산에 온 어린아이를 보는 듯한 느낌. 특히나 내가 앉은 자리를 기웃거리는 게 조금은 우습다.

"이곳이로군요."

"현성 씨 수고하셨습니다."

"아닙니다. 저보다는 기영 씨가 더…… 대단하군요. 이걸 전부 컨트롤하고 계셨던 겁니까?"

"컨트롤하고 있다고 표현할 정도는 아닙니다. 굳이 표현하자면 그저 정보를 분석해 전달해 드린 것 정도에 불과해서……."

"뭘 그렇게 말씀하시고 그러세요, 기영 씨. 코피도 흘릴 정도였으면서. 저도 그런 건 처음 봤다니까요. 손이랑 눈을 한 번도 안 멈추고 전투가 지속되는 내내 마력 홀로그램만 뚫어지게 바라보고 있었어요. 현성 오빠도 그걸 한번 봤었어야 했는데…….”

“아…….”

그 와중에 이때다 싶어 활약상을 전해오는 이지혜의 모습은 당황스러울 정도. 조금 민망하기는 했지만 나이스 어시스트였다. 갑작스레 걱정이 된다는 표정으로 나를 바라보는 김현성이 눈에 보였으니까.

“그렇군요. 몸은 괜찮으신 겁니까?”

“네. 아무 문제 없습니다. 잠깐 무리한 정도라……. 굳이 이상이 있는 것 같지도 않고요. 지혜 씨가 많이 도와주셔서…… 말입니다.”

“다행이로군요…….”

“에이. 그래도 결정적인 건 전부 기영 씨가 했죠. 뭐. 저야 귀찮은 잡무 같은 걸 해드린 게 전부고요. 아, 그 팔에 들고 계신 건 뭔가요?”

“아. 깜빡했군요. 사실 이걸 전해드리고 싶어서 왔습니다.”

이것 좀 보라는 듯이 이지혜를 바라보자 알겠다는 듯이 고개를 끄덕이는 그녀의 모습이 시야에 비쳤다. 김현성의 손에 들려 있는 것은 아주 작은 방패. 적 네임드가 가지고 있었던 전설 등급의 방어구였다.

'걱정 붙들어 매라, 지혜야. 그럴 일은 절대 없으니까.'

입꼬리가 슬슬 올라가는 게 당연했다.

'형은 널 의심한 적이 없다. 현성아.'

[완전하지 않은 아이기스의 방패-전설 등급]

[하늘의 신이 전쟁의 여신에게 내린 방패였습니다. 완전한 형태를 지니고 있었던 예전과는 달리 이 방패는 몇 개의 조각으로 분리되었습니다. 방패에 담겨 있었던 마력 덕분인지 부분부분 뜯겨 나갔음에도 불구하고 방패는 그 힘을 잃지 않았습니다. 기본적인 항마력이 대폭 상승합니다. 많은 마력을 사용하여 짧은 시간 동안 아이기스 방패의 일부를 소환할 수 있습니다. 소환된 아이기스의 방패는 치명적인 공격을 조건 없이 막아줍니다.]

'키야. 명품이네. 명품.'

여신의 거울을 통해서 먼저 확인을 해보기는 했지만 사실은 명품이라는 말로도 부족할 정도였다. 치명적인 공격을 무조건 막아준다는 설명만 봐도 이 아이템이 어느 정도의 가치가 있는 물건인지 말해준다. 사실은 탱커들에게나 어울리는 물건, 이런 물건을 나에게 준다는 건 녀석이 얼마나 나를 생각하는지 알려주는 지표나 다름없다.

"아…… 이건……."

"얻은 물건입니다."

"아뇨, 괜찮습니다. 현성 씨. 저한테 어울리는 물건은 아닙니다."

"아뇨, 받으시는 게 좋을 겁니다. 저도 여러 가지로 생각해 봤지만 아무래도 이건 기영 씨가 가지고 있어야 할 물건 같습니다. 혹시나 앞서 일어났던 사고 같은 게 다시 일어나지 않으리라는 보장이 없으니까요."

"앞서라면……."

확실히 기억이 나긴 난다. 괜히 밖으로 나가 상황 좀 살핀다고 했다가 창 맞아 골로 갈 뻔한 기억이 있기는 있다. 이쪽은 벌써 머릿속에서 완전히 지워 버린 일. 이걸 신경 쓰고 있을 거라고는 상상도 하지 못했다.

'키야…… 봐라. 지혜야. 이게 우리 현성이다. 누가 감히 현성이 앞에서 뒤통수 소리를 내었는가!'

"제게는 필요 없는 물건입니다. 애초에 저는 막으면서 싸우는 타입이 아니기도 하고…… 기영 씨가 보험용으로 들고 다니는 게 더 좋을 겁니다. 안 그래도 호위를 붙여드리는 게 어떨까 하는 생각을 하고 있었는데…… 기영 씨가 이걸 받아주셔야 저도 조금 안심할 수 있을 것 같고요."

"아무리 그래도……."

"꼭 받으셔야 합니다."

"그렇게까지 말씀하신다면……. 네, 감사히 받겠습니다."

사실은 냉큼 받아 들고 싶은 심정이기는 했지만 적당한 거절은 한국인의 미덕이다. 어차피 이쪽에서 손사래를 쳐도 김현성은 기어코 내 왼쪽 팔목에 방패를 꽂아 넣을 것이다.

못 이기는 척 방패를 받아 들고 장착시키는 것은 순식간, 철컥하는 기분 좋은 소리와 함께 내 한쪽 팔을 기분 좋게 감싸는 감각이 느껴진다.

어울리지는 않지만 그래도 몸을 보호할 수단이 하나 생겼다는 건 아름답게 느껴질 수밖에 없었다. 무엇보다 움직이기 편한 게 마음에 든다. 무식하게 커다랗고 무거운 방패가 아니다 보니 가지고 다니기 더욱 괜찮다.

'이거, 시발. 이제 나도 좀 강한 거 아닌가? 이제 좀 센 것 같은데?'

근본이 없기는 하지만 나름 공격력도 보유하고 있다. 이런 종류의 방어구까지 보유하게 된다면 근접 직군 몇몇도 상대할 만하다고 생각했다.

물론 어디까지나 내 개인적인 상상. 애초에 적 네임드가 이 방패를 들고도 김현성에게 털렸다는 걸 생각해 보면 무구가 전부라고 볼 수는 없다.

고마운 마음에 녀석의 얼굴을 바라보자, 고개를 끄덕이는 얼굴에는 나를 향한 무한한 신뢰가 깃들어져 있었다.

"그…… 다만."

"네?"

"덕구 씨에게는 비밀로……."

"아……."

"제 개인적인 판단으로는 덕구 씨보다는 기영 씨에게 어울린다는 판단이 서서. 물론 개인적인 판단입니다만…… 그렇기 때문에 덕구 씨가 섭섭해하실까 봐 걱정됩니다."

"하하. 네. 알겠습니다. 덕구에게는 비밀로 하는 게 좋겠군요."

"다른 길드원들에게도……."

"네. 다른 길드원들에게도 비밀로 하겠습니다."

'이 새끼 왜 이렇게 귀엽냐.'

걱정하고 있는 표정은 왠지 모르게 깨물어 주고 싶다. 다시 한번 이지혜 쪽을 바라본 것은 당연지사. 뭔가 수상하다는 얼굴로 이쪽을 응시하고 있는 눈빛이 꽤 부담스러웠다.

일단 김현성에 대한 의심은 옅어진 것 같았지만 다른 의미의 의심을 하는 듯한 느낌. 심지어 얼굴에는 정체 모를 초조함까지 느껴졌다.

"현성 씨는 조금 쉬는 게 좋겠네요. 다음 싸움은 더 길어질 테니까요. 현재 적 병력도 조금씩 후퇴하는 중이고…….”

“발목은 전부 잡았다는 건가?”

“저쪽 역시 다음 싸움을 대비해야 하기는 하니까요.”

“사실은…… 그것 때문에도 드릴 말씀이 있습니다.”

“네?”

“기영 씨에게는 저번에도 한 번 말씀드린 적이 있지만, 아직도 뭔가 마음 한구석이 찜찜해서…….”

“아, 네…… 말씀해 주세요.”

‘이 새끼 또 시작이네. 또 시작이야.’

너무 후려 맞아 뭉개질 대로 뭉개진 김현성의 뒤통수가 다시 한번 PTSD를 호소하고 있는 모양이다. 물론 처음보다는 덜 하기는 했지만 아무래도 마지막 싸움을 앞둔 만큼 여러 가지 생각이 든 것 같았다.

“뭔가 함정이라는 느낌을 지울 수가 없습니다. 너무 무난하다고 해야 할지…….”

“함정이요?”

“네.”

김현성 후두부 현상을 처음 본 이지혜는 당연히 이게 무슨 소리냐는 반응. 뜬금없이 함정이라는 느낌을 지울 수 없다며 진지한 분위기로 대화를 끌어내려고 하니 당황하는 것도 당연할 것이라 생각했다.

이 오빠 왜 이러냐는 듯 나를 바라보는 이지혜의 표정을 보니 그녀 역시 밑도 끝도 없는 김현성의 함정 드립을 진지하게 받아들이지 못하고 있는 것 같았다.

그 와중에도 고개를 끄덕이거나 놀랐다는 듯한 모션을 취하며 대화를 받아주고는 있지만 어서 빨리 이 이상한 아저씨 좀 떼어달라는 이지혜의 표정은 여러모로 압권이다.

'이 사람 왜 이래요?'

라는 표정을 쏘아 보내는 이지혜.

"조심해야 할 필요가 있습니다."

계속해서 뒤통수 고통 동반 현상을 호소하는 김현성. 사실 웃고 넘길 수 있는 해프닝이기는 했지만 계속해서 웃고 넘기기에는 아까 전 이지혜가 했던 말이 괜스레 신경 쓰였다.

'확실히 악마 소환사가 잘 해주고 있기는 하지만…….'

뭔가 가면 쓰레기다운 모습을 보여주지 않는 것이 문제. 놈은 더 악랄해야 했고 주도면밀해야 했다. 정공법 그 자체만으로도 충분히 파괴력이 있기는 하지만 가면 쓰레기라고 하기에는 너무나도 정직하다.

김현성의 기억 속에서 등장한 가면 쓰레기는 그야말로 악마의 화신이요. 인간쓰레기의 끝판왕이라 봐도 무방. 온갖 역겹고 변태스러운 짓을 일삼는 쓰레기 중의 쓰레기였다.

현 전장에서는 김현성이 이야기하고 있는 더러운 짓거리는 크고 작은 전투가 일어나는 내내 단 한 번도 등장하지 않았다.
녀석이 이걸 무난하게 넘어가 준다면 좋겠지만 만약 마음속 한구석에서 일말의 의심이 생겨날 경우에는 정말로 이지혜가 말했던 차선책을 세워놔야 할 수도 있다는 거다.
'손 많이 가는데…….'
생각해 보니 지금 이 상황도 굉장히 위험한 것 같은 느낌. 이렇게 세 명이 좁은 공간에 자리하고 있다는 게 갑작스레 미친 듯이 신경 쓰이기 시작했다.
'그러고 보니까 쟤도 가면 쓰레기였잖아……. 눈치채는 건 아니겠지?'
어쩌면 나와 이지혜를 1회 차의 가면 쓰레기 커플이라고 오해할 수도 있는 상황이 펼쳐질 수도 있다. 괜스레 한 발자국 걸음을 떨어뜨린 것은 당연지사. 물론 가면에는 음성변조 처리를 비롯한 여러 가지 마법이 걸려 있는 것 같기는 했지만 그래도 이상한 오해를 받는 건 피하고 싶다.
"현성 오빠가 말한 것들."
"네……."
"솔직히 실현 가능성이 있다고는 말할 수 없겠어요. 당연하지만 대륙전쟁법에서는 금기라고 불리는 일들이고…… 심지어 몇 가지는 너무 잔인해서 전쟁법에서조차 등장하지 않는 이야기네요…… 사실…… 제 입장에서는 너무 황당한 이야기라…… 만약 정말로 그런 함정을 파는 사람이 있다면 저는 그 사람을 인간이 아니라 쓰레기라 부를 거예요. 아니, 인간쓰레기라는 말로도 부족하죠. 분리수거도 안 되는 오물이죠. 오물."

"그는 충분히 그럴 수 있는 사람입니다."

"한번 여러 가지 방향에서 생각은 해볼게요. 현성 오빠. 돌다리도 두드려 보면서 건너는 게 맞으니……."

이지혜의 말이 굉장히 가슴을 찌르기는 했지만 일단은 천천히 입을 열 수밖에 없었다.

"만약 준비된 것들이 있다고 해도…… 아마 대놓고 사용하기는 힘들 겁니다."

"네?"

"현 공화국의 내부 상황과 전장의 상황을 생각해 보면 그런 비인도적인 전술을 사용하는 것은 악마 소환사 진청에게는 독처럼 느껴질 것입니다. 그자는 아직도 본인이 라이오스 사태를 일으킨 장본인이라는 것을 부정하고 있으니까요. 명분도, 병사들의 사기에도 영향이 갈 수밖에 없을 겁니다. 공화국 내에서의 입지도 줄어들 테고…… 무엇보다 국제사회의 시선을 신경 쓰고 있을 테니……."

"음…… 그렇군요."

"아직 전쟁에 참가하지 않은 채로 상황을 바라보고 있는 이들 마저 적으로 돌리는 어리석은 선택을 하지는 않을 겁니다.

지, 지난번에는 미처 말씀드리지 못했지만 그런 부분에서는 안심하셔도 될 것 같습니다. 현성 씨."

"하지만……."

"네."

"만약 다른 상황을 고려할 여유가 없을 정도로 궁지에 몰려 있다면…… 혹시……."

어물쩍 넘어갈 수 있을 것 같은 느낌에 주먹을 꽉 쥔 것은 당연지사. 그 와중에 갑작스레 입을 연 이지혜가 눈에 보인다.

"가능성이 없다고는 할 수 없죠. 지금 일어나고 있는 이 전쟁 역시 악마 소환사 진청이 자신이 가지고 있는 걸 놓지 못해서 벌어진 이유가 크다고 생각해요. 그런 종류의 사람이 궁지에 몰린다면…… 음. 제가 무슨 말을 하는지 이해가 되죠? 원래 잃을 게 없는 인간은 잔인해지는 법이니까요."

'이지혜 이 가면 쓰레기 같은 자식.'

여기서 박덕구같이 판을 흐릴 거라고는 생각하지 못했다. 김현성이 고개를 끄덕이며 주먹을 꽉 쥔 모습은 가관. 얼굴에는 근심 걱정이 들어서고 있었지만 악마 소환사가 그런 쓰레기 같은 짓을 해줄 거라는 보장은 없다.

'준비를 하긴 해야 하나.'

보험으로 몇 가지 생각한 게 있기는 하지만 실제로 실행시켜야 하는지에 대해서는 고민할 수밖에 없는 부분. 하지만 선택의 여지가 없다. 이곳에서의 전투는 끝나가고 있었고 시간이 얼마 지나지 않아 곧 캐슬락에 당도할 테니까. 이야기를 나누던 이지혜가 여신의 거울을 보며 입을 여는 모습이 시야에 비쳤다.

"퇴각하는 이들은 쫓지 않습니다. 병력을 최대한 빠르게 재정비하고 곧바로 캐슬락으로 넘어갑니다. 각 부대로 새로운 편성을 전달, 선발대는 곧바로 이동합니다."

-확인했습니다.

"부대 전체 전파 사항입니다. 정체를 알 수 없는 현상이나 조금이라도 수상한 부분이 있다면 곧바로 지휘통제실에 보고 부탁드립니다. 아주 작은 사항도 전부 보고합니다. 추가로 여유가 있는 레인저들과 마법사들로 구성된 정찰대를 따로 편성해 혹시 모를 상황과 변수에 대비할 수 있는 전담반을 따로 구성하도록 하겠습니다."

-네. 확인했습니다.

"병력들을 다독여 주십시오. 마지막 싸움입니다."

-네.

고개를 끄덕이는 것을 보니 김현성을 이지혜의 전달 사항이 꽤나 만족스러운 것 같았다. 불안함이 가신 것 같지는 않지만 그래도 납득할 수 있는 수준인 모양.

"그럼 저는 여기서 부관들이랑 준비 좀 하고 있을게요. 기영 씨랑 현성 오빠는 밖에 나가서 바람이라도 좀 쐬세요."

"아닙니다."

"정말로 바람만 쐬고 돌아오라는 게 아니에요. 부대 전체가 지쳐 있어요. 아마 두 분이 함께 계신다면 지친 병력들에게 도움이 될 거예요. 겸사겸사 피로 회복 포션 보급도 부탁드릴게요."

"네. 알겠습니다."

"아. 특히나 여군들이 밀집한 쪽은 꼭 들러주세요. 그게 더 도움이 될 거예요."

'그게 왜 도움이 돼.'

뭔가 이상하기는 했지만 일단은 고개를 끄덕일 수밖에 없었다.

112장
사기 증진

“생각보다 컨디션이 괜찮은 것 같군요.”

“하지만 몸에 쌓여 있는 피로감은 어쩔 수 없을 겁니다. 최악이라 할 정도는 아니지만 아주 낙관적이지도 않은 것 같습니다. 마음 같아서는 조금 여유를 갖고 싶지만…… 그럴 수 있는 상황이 아니니까요.”

“네. 그럴 수 있는 상황이 아니죠.”

고개를 끄덕이는 김현성의 얼굴이 시야에 비쳤다. 이지혜가 최대한 신경 써보겠다고 이야기를 했음에도 불구하고 불안하기는 한 모양.

다시 한번 뒤통수가 지끈거리는 증상을 호소하지는 않을까 걱정하기는 했지만 다행히 그런 말은 꺼내오지 않았다.

만약 둘만 있는 장소였다면 곧바로 입을 열 것 같기는 했지만, 현재 다른 병력과 함께 움직이고 있으니 그런 말을 할 수 있을 리 만무. 김현성을 디스하는 건 아니지만 확실히 녀석도 생각이라는 걸 하고 있다는 걸 깨달을 수 있었다.

'암, 그거다. 현성아.'

"아마 몇 시간 안에는 도착할 겁니다. 그리고 저희가 현재 그쪽으로 향하고 있다는 것도 알고 있을 거고요."

"혹시……."

"아뇨. 물론 아까 같은 전투가 다시 일어나리라는 보장은 없지만 지금부터 목적지까지는 병력이 매복하기 적절한 지형이 아닙니다. 방금 저희가 상대한 적 병력이 각 전선에서 차출한, 말 그대로 시간을 벌기 위한 잉여 병력에 불과합니다. 이외에 타 병력을 따로 저희 쪽에 보낸다는 건 공화국 쪽에서도 쉽지 않은 결정일 겁니다. 방금의 전투로 본인들이 얻고 싶은 건 전부 얻어갔을 테니까요."

"예를 들면 무엇 무엇이 있는 겁니까?"

"정보, 시간, 컨디션 정도라고 보면 될 겁니다."

"아……."

"물론 저희 쪽의 부담이 쌓여 있는 상태이기는 하지만 여유가 없는 것은 저쪽 역시 마찬가지입니다. 아마 심적으로도 많은 부담을 느끼고 있을 겁니다. 서부 전선 쪽과 북부 전선을 밀고 있다고는 한들, 캐슬락 쪽에 많은 것을 투자한 걸 회수하고 싶을 겁니다. 운이 좋으면…….”

“마지막 전투가 될 수도 있겠군요.”

“예. 만약 전쟁을 지속한다고 해도 지금 같은 방식으로는 흘러가지 않을 겁니다.”

‘용의주도하기는 해.’

생각하면 생각할수록 그런 생각이 들 수밖에 없었다. 이다음 전투에 사활을 걸고 있는 건 우리뿐만이 아니다. 아마 그 악마 소환사가 더하면 더했지 덜하진 않을 거라고 생각했다.

잉여 병력을 이쪽에 보낸 것은 발목을 붙잡아 보겠다는 의미도 있었겠지만 이쪽의 정확한 전력을 파악하기 위해서이기도 하다.

말하자면 정확하게 우리가 가지고 있는 패가 무엇인지 확인하기 위한 미끼라고 봐도 무방.

이미 이쪽은 쓸 수 있는 패를 모조리 까발린 채로 돌진하고 있다는 거다. 전술 김현성 같은 경우가 가장 큰 예다.

숨기고 싶었지만…….

‘숨길 수 있는 상황이 아니었으니까.’

만약 김현성을 투입시키지 않았다면 아직까지도 그곳에서 드잡이질하고 있었을 가능성이 크다. 아마 우리가 초조해하고 있다는 걸 녀석도 알고 있는 것이 분명했다.

캐슬락을 미끼로 대놓고 이쪽의 정보를 빼내려고 한다는 것도 알고 있었지만 이건 알면서도 당해줄 수밖에 없는 종류의 개 짓거리였다.

자신이 가지고 있는 패를 최대한 숨긴 채로 이쪽이 가지고 있는 패를 확인하는 것. 세밀한 부분까지 컨트롤하며 사람 신경을 긁는 움직임은 어떻게 보면 변태같이 느껴질 정도였다.

물론 이건 그만큼 효과가 있다. 당장 이쪽이 캐슬락에 있는 병력에 대해 제대로 파악하지 못하는 것 역시 그 연장선, 전체적인 상황을 자체 평가해 보자면 끌고 있는 쪽은 저쪽이고 끌려다니는 쪽은 우리 쪽이라는 말이 된다는 거다.

"아."

"괜찮으십니까?"

"아……. 네."

'시발…… 쪽팔리게.'

여러 가지 복잡한 생각을 하며 발걸음을 옮기다 앞으로 넘어질 뻔했다. 그나마 김현성이 잡아줬기에 망정. 만약 땅바닥을 굴렀다면 병력의 앞에서 개망신을 당했으리라.

"그러고 보니 무리하셨다고 하셨죠. 혹시……."

"아뇨. 그런 것은 아닙니다. 단순히 넘어졌을 뿐이라……."

"자신도 모르는 사이에 피로가 축적되어 있을 수도 있습니다. 열심히 하는 것은 좋지만 그 무엇보다 몸도 신경 써주셔야 합니다. 아직 뒤틀린 연못의 영향이 남아 있을 가능성도 있으니까요."

"네. 새겨듣도록 하겠습니다."

"기영 씨 혼자만의 몸이 아닙니다. 조금 더 신경 쓰시는 게 맞습니다."

단순히 인사치레로 하는 말이 아니라는 걸 깨달은 것은 당연지사. 진심으로 걱정한다는 듯한 얼굴을 하고 있었기 때문이다. 괜스레 분위기가 훈훈해진다.

그가 내 몸을 일으킨 이후에 등을 툭툭 두드리는 행동은 마치 순정만화에서나 나올 것 같은 주인공의 모양새. 곧바로 웃으며 이야기를 건네오는 모습도 마찬가지다.

어째서 김현성 하렘이 그렇게 김현성에게 환장하는지 알 수 있을 것 같은 느낌이었으니 다른 표현이 필요 없으리라.

등 뒤에서 뭔가 따가운 눈초리들이 느껴진 것은 바로 그때. 심지어 정체 모를 탄성도 들려왔다.

슬쩍 뒤를 돌아보자 왠지 모르게 나와 김현성을 뚫어지게 바라보는 병력의 모습이 한눈에 들어온다. 대부분이 여군으로 구성되어 있는 모습, 심지어 인간들뿐만 아니라 엘프들도 섞여 있었는데 귀를 쫑긋쫑긋 움직이는 반응이 이상하게 재미있었다.

'엘레나 같네…….'

사실 병력의 컨디션이 그리 좋다고 하기에는 힘들었다. 막 전투가 끝난 이후였고 뒷수습도 제대로 하지 않은 채 곧바로 행군길에 올라야 했으니까. 하지만 반짝반짝 눈이 빛나고 있는 모습을 보니 이 전쟁이 얼마나 중요한 것인지에 대해서 이해하고 있는 것 같았다.

'이래서 명분이 중요하지. 암, 그렇고말고. 평소에 교육해 놓기를 잘했다니까.'

막 행군길에 올랐을 때는 사실 지금보다도 더 상황이 좋지 않았었다. 나와 김현성의 부대 순회가 효과가 있을 거라는 이지혜의 예상이 맞아떨어진 모양.

생각보다 반응이 좋았기 때문에 나 스스로가 의아함을 느낄 수 있을 정도였다. 단순히 피로 회복 포션을 나누어주고 몇 마디 나누는 것이 전부였지만 주변은 물론 비교적 떨어져 있는 부대까지 좋은 영향을 받고 있었다.

물론 저런 반응이 이해가 되지 않는 것은 아니었다. 내 입으로 말하기에는 뭣 하지만 공식적으로 나는 베니고어 여신과 엘룬의 선택을 받은 신의 사자였으니까. 교국의 병사에게도 좋은 영향을 끼치는 것은 당연, 신앙심이 뛰어난 엘프들의 경우에는 더하다.

김현성의 경우는 어떨까? 이기영이라는 인간이 가진 파급력보다는 조금 덜 하기는 했지만 녀석도 충분히 경외의 시선을 받을 만했다. 앞의 전투에서 김현성이 보여준 모습은 인간들은 물론 이 종족들에게도 강한 인상을 남긴 모양.

조금 관점이 다르기는 하지만 강한 자에게 경외감을 느끼는 건 인간뿐만이 아니다. 엘룬 나이트를 비롯한 엘프들에게도 그랬고 드워프들의 경우에는 더했다. 말하자면 존경할 수 있는 사람이라는 것.

내가 만약 검을 배우는 입장에 있었다면 김현성을 선망의 시선으로 바라봤을 것이다. 존경의 대상이 직접 함께 행군하고 걸어가는데 기분 나빠할 이들은 없다. 사단장이 갑작스레 부대 방문을 한다면 치를 떨기야 하겠지만 이 경우는 그 경우와 예 자체가 다르다.

중요한 것은 나와 김현성이 있는 것만으로도 부대에 좋은 영향을 끼친다는 것. 병력과 계속해서 행군하며 시간을 함께 보내는 것이 바로 그러한 이유였다.

아까부터 김현성의 행동 하나하나에 반응하는 여성 엘프들을 바라보니 확실히 얼굴이 잘생긴 것도 그 이유 중 하나인 모양인 것 같았다.

녀석이 뭔가 액션을 취할 때마다 작은 탄성들이 들려오니 역시나 이 대륙에도 외모지상주의가 만연해 있다는 생각이 들어 씁쓸해졌다. 심지어 지금도 마찬가지다. 단순히 싱긋 웃을 뿐이었지만 또다시 주변 부대를 술렁이게 하는 탄성이 새어 나왔다.

'그만 좀 해라 이 새끼야. 아니, 쟤는 왜 코피까지 흘리고 그래.'

심지어 코를 막으며 이쪽을 바라보는 이들도 생겨나기 시작. 내가 당황스러워 하는 것도 무리가 아니리라.

이걸 아는지 모르는지 녀석은 이것저것 쌓인 이야기를 하느라 여념이 없다. 처음 불안해하는 모습과는 다르게 계속해서 대화를 나누다 보니 어느 정도는 긴장이 풀린 모양. 심지어 전쟁과 전혀 상관없는 이야기도 해오는 것을 보면 김현성 역시 이런 종류의 대화가 그리웠던 것 같았다. 주제도 꽤나 다양했다.

"혹시 검술을 배워볼 생각이 없으십니까?"

"네?"

"기영 씨는 제가 생각하시는 것보다 눈이 더 좋은 것 같아서 말입니다. 공격을 볼 수 있다면 대응도 할 수 있을 겁니다."

"아니요……. 저는 그다지 몸 쓰는 데는 재능이……."

이런 종류의 대화나.

"빨리 길드 하우스로 돌아가고 싶군요."

"네."

"한 삼 일 정도는 푹 잤으면 좋겠습니다."

"다른 건 아무것도 하지 않고?"

"네. 그냥 잠만 자고 싶습니다."

"감당해야 할 업무량이 늘어나겠군요."

"아……."

"농담입니다. 김미영 팀장이 일을 잘 해주고 있으니 아마 충분히 휴식 시간을 즐기실 수 있으실 겁니다."

이런 종류의 영양가 없는 쓸데없는 이야기. 하지만 모든 대화가 가지는 공통점은 있다.

그 공통점은 가정이다. 이 전쟁이 끝난 이후 무엇을 할 것인지에 대한 가정. 현 상황에서 할 수 있는 가장 즐거운 대화라는 데는 그 누구도 이견이 없을 것이다.

'이 새끼도 사람이기는 하네.'

사소한 사건들까지 불안함을 지우기 위해서라기보다는 그냥 잠깐이나마 여유를 갖고 싶다고 생각한 것이 틀림없으리라. 사실 조금은 재미있고 신기한 모습이라고 하는 게 맞다. 내 머릿속에 그려진 김현성의 이미지와는 얼추 맞지 않는 부분이 존재하니까. 한참이나 신나게 떠든 녀석이 다시 한번 말을 걸어온 것은 바로 그때였다.

"아. 그러고 보니 기영 씨."

"네."

"혹시 덕구 씨에게는 가 보셨습니까?"

"아. 아니요. 사실 에베리아를 떠나온 직후부터는 쭉 정신이 없어서 제대로 사람들을 챙길 틈이 없었습니다. 혹시 뭐 문제라도 있는 겁니까?"

"딱히 문제가 있는 것은 아닙니다만……. 그래도 한번 가 보시는 게 좋을 것 같습니다. 여러모로 힘들어하시는 것 같으니까요.”

‘하긴…….’

“아무래도 전쟁이라는 것 자체를 잘 받아들이지 못하고 있는 것 같습니다. 인간들과 검을 부딪친 건 처음이라……. 마음이 여리시니까요.”

‘여려도 너무 여려서 문제지.’

아마 녀석이 강하지 않았다면 일어날 문제도 아니라고 생각했다. 본인이 죽을지도 모르는 공포 대신 본인이 죽일지도 모르는 공포에 사로잡힌 것.

웬만한 칼이나 화살로는 상처 하나 안 나는 녀석이다 보니 전쟁터에서 쓸데없는 생각을 할 시간이 있는 게 틀림없다.

물론 선천적으로 녀석이 순한 게 가장 큰 이유가 되기야 하겠지만 버프를 받기 전 박덕구였다면 본인이 살아남기 위해서라도 검을 휘둘렀을 것이다.

‘이다음 전투 역시 마찬가지고…….’

지금까지는 나와 이지혜가 최소한의 케어를 하고 있기는 했지만 마지막 전투에서도 그런 여유를 부릴 수 있을 거라고 장담할 수는 없다. 차라리 나오지 않는 게 더 도움이 될 수도 있을 것 같은 느낌.

차라리.

‘편성에서 빼버릴까.’

후방 지휘통제실을 틀어막는 임무라면 어렵지 않게 해낼 수 있을 거라고 생각했다. 그동안 파고들며 생각하지는 않았지만 녀석 말고 다른 길드원들 역시 신경 써볼 만한 여지가 있다.

"길드의 상태는 조금 어떻습니까?"

"전체적으로는 나쁘지 않습니다. 제가 생각한 것보다는 다들 잘 적응해 주고 있고……. 심지어는……."

"아……. 네. 그랬었죠."

"네. 혜진 씨 같은 경우에는 정말로 유명해졌으니까요. 안 그래도 보기 힘든 유니콘 위에서 전장을 휘젓는 모습이 엘프들에게 큰 감명을 준 모양입니다. 순결한 창. 어떻게 생각해도 혜진 씨에게 어울리는 별명인 것 같습니다."

"네……. 네."

'아마 본인은 질색했겠지만…….'

단순히 질색한다는 표현으로도 부족할 것이다.

"어떻습니까, 기영 씨. 한번 길드원들이 있는 곳으로……."

"네. 그렇게 하는 게 좋을 것 같습니다. 아무래도 덕구와는 한번 이야기를 해봐야 할 것 같아서……."

"아마 큰 도움이 될 겁니다. 아! 그리고."

"네."

"아직 피로 회복 포션을 드시지 않은 거로 알고 있습니다. 한 병 드시는 게 좋을 겁니다."

'마음만으로도 고맙다. 새끼야.'

"괜찮습……."

이미 남몰래 두 병이나 비우기는 했다. 더 이상 먹으면 오히려 배가 부를 것 같은 느낌. 막 포션을 거절하려던 찰나 시야에 비친 것은 이 상황을 바라보는 갤러리들이다.

'뭐야…….'

나와 김현성을 바라보며 걷고 있는 부대 전체가 저 포션을 받으라고 말하고 있는 것 같은 느낌.

착각이 아니다. 여기서 저 포션을 받지 않는다면 부대 사기가 크게 꺾일 것 같다는 기분마저 들기 시작했다.

살짝 손을 빼니 크게 실망했다는 표정과 함께 정체 모를 탄식 소리가 들려온다.

'이게 뭐야. 시불…….'

선택의 여지가 없다. 결국에는 손을 뻗어 포션을 받아 들자 짝짝거리는 작은 소리와 함께 작은 응원 소리가 튀어나왔다.

'이게 뭔데…….'

박덕구에게 향하는 발걸음이 왠지 모르게 무거워지기 시작했다.

오랜만에 보는 것 같은 길드원들의 얼굴은 나쁘지 않아 보였다.

정하얀과 한소라는 안개의 숲으로 가 있어 정확히 상태가 어떤지는 알 수 없지만, 가장 최근에 보내온 통신에서 보인 모습을 떠올려 보면 예상외로 잘 적응하고 있는 것처럼 보였다.

물론 한소라는 정하얀과 계속해서 붙어 있어야 한다는 스트레스를 받는 것 같지만 꼭 필요한 일을 해줘야 하니 어쩔 수 없다고 생각했다.

'미안하긴 한데…….'

그녀 같은 경우에는 정하얀과 함께 있을 때 능률이 오르기도 하고 심지어 조합도 좋다.

본인이 무척 불편해하기는 하지만 케미가 좋으니 감독의 입장에서는 둘을 떨어뜨려 놓을 수 있을 리 만무. 이번 전쟁만 끝나면 저 멀리 떨어뜨려 놓을 거라는 희망을 주고는 있지만 솔직히 그러기가 쉽지 않다.

한소라와 같이 들어온 유아영과 김창렬 역시 무척 잘 적응했다고 할 수 있는 예.

체력 스탯에 전설 등급의 재능을 가지고 있는 유아영은 이런 종류의 장기전에 특화되어 있었고 김창렬은 눈에는 잘 띄지 않아도 항상 1인분을 해준다.

함께 전장에 선 것은 아니었지만 마력 홀로그램으로 본 그들의 모습은 제법 인상적이었다.

오매불망 김현성만 바라보는 김예리와 조혜진은 굳이 다른 수식어가 필요 없을 정도였고 그건 선희영 역시 마찬가지. 앞서 말한 셋은 다른 중소 클랜의 마스터가 되어도 이상하지 않을 것이다.

'조금 애매하긴 하지만 안기모도 마찬가지고.'

굳이 등급을 매기자고 한다면…….

김예리, 조혜진, 선희영, 이 셋은 명실상부 파란의 1티어. 본래 붉은 용병 소속이었던 안기모와 박덕구의 그녀, 마도학자 황정연이 1.5에서 2티어 정도고 한소라를 포함한 병아리 3명이 2에서 3티어 정도라고 말할 수 있으리라.

물론 이건 파란에만 국한된 이야기가 아니다. 대륙 전체를 7개 정도의 단계로 분류했을 때가 이 정도. 당연히 대륙 8좌나 공화국의 오호대장군 같은 이들은 포함하지 않았다.

규격 외의 존재들은 사실 이런 종류의 수치로 강함의 정도를 구분하는 게 별 의미가 없으니까.

'박덕구는…….'

정확히 말하면 1.5 정도. 많이 쳐주면 1티어 나쁘게 쳐주면 2티어다.

선희영, 조혜진, 김예리 같이 애초 초월적인 재능을 가지고 있는 이들과는 다르게 순수하게 노력으로 만들어진 케이스.

공격력이 없는 게 흠이지만 단순한 고기 방패로써는 규격 외라고 봐도 무방했다.

물론 이번 전쟁에서 그에 걸맞은 활약을 보여줬냐고 묻는다면 당연히 고개를 저을 수밖에 없다. 공격력이 거의 없다고는 해도 그건 비슷한 등급에서의 이야기다. 상대적으로 등급이 낮은 이들이 박덕구의 공격을 막을 수 있을 리 만무.

칼에 맞으면 아픈 척이라도 하는 조혜진이나 김예리와는 다르게 이 돼지는 웬만한 공격에는 눈 하나 깜빡하지 않는다. 본인이 마음만 먹는다면 전장에서 폭군 같은 모습을 보여줄 수도 있다.

그럼에도 한발 물러서는 모습은 가관이다. 물론 이해는 간다. 녀석의 성정을 생각해 보면 이런 환경을 견딜 수 있을 리가 없다.

처음에는 조금 짜증도 나고 답답하기는 했지만.

'받아들여야지 어쩌겠어.'

내가 무슨 말을 해준다고 한들, 본인이 마음먹지 않는다면 억지로 떠미는 꼴밖에 되지 않는다.

이전 전투는 그나마 고개를 끄덕일 수준이라 두고 볼 수 있었지만 다음에 일어날 전투는 높은 확률로 사고가 날 확률이 높다.

차라리.

'너는 그냥 집에 있어라.'

언젠가는 등을 떠밀어야 할 날이 올지도 모르지만 그게 지금은 아니다. 박덕구 하나 뺀다고 전선이 무너질 일은 없을뿐더러 지휘부가 적의 습격을 받아도 방패가 되어줄 수 있을 테니 어떻게 봐도 합리적인 선택이라 할 수 있으리라.

"그러니까……."

"맞다, 덕구야. 이번 전투에서는 딱히 나갈 필요 없어. 따로 분대를 구성해서 적의 기습에 대비할 수 있는 후방부대로 갈 거다. 아영 씨나 창렬 씨도 마찬가지입니다."

"그렇게 해도 되는 건가요?"

사실은 안 되지만.

'권력 좋다는 게 뭐겠어.'

안 되는 것도 되게 만드는 게 현재의 내 위치다.

물론 형평성에 어긋난다는 것은 알고 있지만 애초에 나는 그런 걸 신경 쓰는 타입도 아닐뿐더러, 우리 길드원 몇 명 빼는 것 정도는 일도 아니다.

유아영이나 김창렬도 혹시나 죽을 수 있으니 열외. 김예리와 조혜진도 합리적인 선택인 것 같다는 듯 고개를 끄덕였다.

남몰래 병아리들을 걱정하고 있었던 병아리 책임자 안기모야 언급할 필요도 없다. 기쁜 표정으로 입을 열고 있는 녀석의 모습이 시야에 비친다.

"잘 됐군요. 안 그래도 조금 걱정하고 있었던 차였는데. 덕구 씨에게 맡기면 안심이기도 하고…… 네. 여러모로 잘 된 것 같습니다. 아마 이후에 일어날 전투는 지금까지와는 조금 다를 테니까요."

"응. 그게. 맞아. 그리고 이건 현성 오빠 판단?"

"아니. 지휘부의 판단. 아무래도 후방 지휘통제실이 위험에 노출될 상황이 있을 수도 있다고 가정했고 이건 그에 대한 대응책이야."

"음. 그렇군요."

"네. 그렇게 됐습니다. 아! 예리나, 혜진 씨는 아마 처음에는 현성 씨와 함께 움직이게 될 겁니다. 이후에는 떨어질 수도 있지만……."

"정말?"

"네. 희영 씨는 평소대로……."

"엘레나 님과 함께 있으면 되는 건가요?"

"네. 아마 안전하실 겁니다."

고위 사제의 안전은 병력 전체가 책임져야 할 일이다. 아마 선희영이 위험에 빠지게 되는 일은 없으리라.

슬쩍 고개를 돌려보니 뭔가 침울한 얼굴의 박덕구가 눈에 띄었다. 은근히 눈치가 빠른 만큼 후방 편성의 이유가 자신에게 있다고 생각하는 모양이다. 뭔가 자괴감에 휩싸인 얼굴. 하지만 딱히 내 말에 반박하지는 않았다.

“음……. 뭐, 뭐. 따로 할 일은 없는 거요?”

“딱히 없다. 너 하나 빠진다고 달라질 전황도 아니고.”

“거, 그렇다면…… 지휘부의 판단이 그렇다면 어쩔 수 없지만…….”

‘진짜 어지간히 나가기 싫은 모양이네.’

입술을 꽉 깨물면서도 고개를 끄덕일 뿐 다른 말을 해오지 않는다.

차라리 겁을 먹거나 무서워서였다면 조금 짜증이 났겠지만 녀석다운 이유에는 고개를 끄덕일 수밖에 없었다.

“거…….”

“별일 아니다, 덕구야. 네가 맡은 임무만 확실히 해주면 돼.”

“그건 걱정 마쇼. 그리고…… 미, 미안…….”

“미안해할 필요도 없다. 나도 네가 옆에 있어 주는 게 더 안심되니까.”

“그거라면 맡겨주쇼. 형님 몸은 털끝 하나 건들지 못하게 할 거니까. 음. 꼭 그렇게 할 거라니까.”

“그래. 고맙다.”

고개를 연신 끄덕이는 모습은 귀엽게까지 느껴진다. 뭔가 안심한 것 같기도 하다. 내가 무언가 나무라기라도 한 줄 알았던 것 같았다. 하지만 결과는 그 반대. 기운 내라는 듯 어깨를 툭툭 치자 입가에 희미한 미소가 잡히는 것이 눈에 들어왔다.

그 이후로는 아까 김현성과 나눴던 이야기의 연속. 길드원들과도 통 이야기를 하지 못했기 때문에 적당한 소재를 찾아 화두를 던지자 여기저기에서 입을 열고 있는 모습이 보였다.

선희영은 조용히 내 옆쪽에 자리 잡았고 박덕구는 조금 기운을 차렸는지 슬슬 농담을 던지고 있다. 꼬맹이는 그다지 관심 없는 척하고 있었지만 나오고 있는 이야기를 그 누구보다 귀담아들으려고 하는 듯한 느낌.

과장해서 말하면 뭔가 가족 같다는 생각을 하게 될 정도였다.

'집에서 개고생하고 있을 율하한테는 미안하지만…….'

아무튼 그렇다는 거다.

"전쟁이 끝나면…… 피크닉이라도 가는 게 어떨까요?"

"나는 찬성. 그런데 어디로?"

"글쎄요. 나보트 의원의 영지에 있는 거울 호수가 그렇게 유명하다고 하던데 뱃놀이 한번 가 보는 것도 나쁘지 않을 것 같아요. 어때요? 부길드마스터."

"나쁘지 않은 생각 같습니다, 정연 씨."

"사실 저도 교국에서 오래 몸담고 있었지만 그쪽은 통 가보지 못했거든요. 분명히 무척 예쁘겠죠? 로맨틱해라."

사실 주제도 뭔가 비슷하다. 많은 종류의 이야기가 오가기는 했지만 그 뿌리는 같다.

'전쟁이 끝나면.'

전쟁이 끝난 이후에 무엇을 할까.

이 전쟁이 그렇게 오랜 시간 진행된 것은 아니지만 아마 이 자리에 있는 모두가 그런 생각을 하고 있을 것이다. 파란 길드원들에게만 국한된 것이 아니다. 아마 병력 전체에 해당되는 이야기일 거라고 생각했다.

서로 이야기를 나누며 행군하는 일반 병사, 조금은 떠들썩한 드워프들, 심지어 엘프들까지. 모두가 비슷한 이야기를 나누고 있을 거라고 생각했다.

나 역시도 계속 그런 생각을 해본 것은 당연지사. 어느새 입꼬리가 올라간 걸 보니 이런 종류의 대화가 그리웠다는 생각도 든다. 그동안 딱딱한 이야기 외에 다른 잡담을 한 지 오래됐다는 것 역시도 깨닫게 됐으니까.

'만나러 오길 잘했네.'

뭔가 성과가 있었던 것은 아니다. 길드원들을 격려하는 것도 성과라 하면 성과라 할 수 있겠지만 눈에 보이는 종류는 아니다. 시간이 아깝지 않을까 하고 떠올려 봤지만 김현성의 말을 듣기를 잘했다는 생각이 든다.

피곤했던 머리가 조금 맑아지는 느낌. 복잡한 생각으로 꽉 차 있던 머릿속을 한번 리프레시 했다는 표현이 적절하리라. 아마 길드원들 역시 나와 비슷한 감정을 느끼고 있을 거라 생각했다.

슬쩍슬쩍 대화에 참가하자 어느덧 천천히 해가 저물기 시작. 부대 전체에 무언가 차분한 긴장감이 맴돈다.

'거의 다 왔나 보네.'

목적지에 도달하고 있는 것이 틀림없으리라.

지휘통제실에서 각 부대의 야전지휘관들에게 싸움이 얼마 남지 않았다는 신호를 준 것이 분명하다.

곳곳에서 병사들이 분주해지는 소리가 들려왔다. 대열을 정비하거나 보급품과 장비를 확인한다. 기도를 드리는 이들도 곳곳에 눈에 띈다. 비슷한 입장에 처한 건 파란 길드원 역시 마찬가지였다.

"그럼 저는 이만 가 봐야겠네요. 모두, 다치지 마세요."

"네, 희영 씨."

"그럼 저도 가 보겠습니다, 부길드마스터."

"네."

후방지원조에 포함된 선희영과 황정연도, 전방에 위치한 조혜진과 김예리와 안기모는 앞으로 향하기 시작했다.

서로를 꽉 끌어안거나 악수를 하는 모습도 보였는데 의외로 선희영과 조혜진의 사이가 가깝다는 걸 확인할 수 있었다. 나 역시 발걸음을 옮긴 것은 당연지사.

점점 부대에 무거운 침묵이 드리울수록 반대로 멀리서는 커다란 소리가 들리기 시작했다.

마법으로 만들어진 폭음과 많은 숫자의 인간들이 만들어 낸 함성, 지형 자체도 굉장히 익숙하다. 조금 다르기는 하지만 분명히 언젠가 한 번 본 적이 있는 장소다.

캐슬락에 다다르고 있는 것이다.

"전투 준비!"

"전투 준비! 각 부대는 모두 전투 준비!!"

지휘부는 굳이 연설을 하기 위해 시간을 끌지 않았다.

현재의 상황이 어떤지는 정확히 봐야 알겠지만 곧바로 전투 준비 명령을 내린 이지혜의 판단을 보니 상황이 급하기는 한 모양.

병사들과는 반대쪽으로 발걸음을 옮기자 모두의 얼굴에 약간의 긴장감과 고양감이 깃들어 있는 게 느껴졌다. 내가 하는 일은 어깨를 두드려 주는 것이 전부였다.

"전투 준비! 깃발을 올려라! 각 부대는 곧바로 적 부대를 향해 진격할 준비를!!"

지금껏 신경 쓰지 못하고 있었지만 이들의 가운데 있으니 이들이 느끼는 압박감이 어느 정도인지 느껴진다.

투구를 고쳐 쓰고 깃발을 들어 올리며 창을 앞으로 내민다. 여러 가지 종류의 버프가 쏟아지고 마법사들이 마력을 끌어 올리는 것이 느껴진다.

부대는 진군할 준비를 마쳤다. 지금쯤 지휘통제실에서 어떤 명령이 떨어졌는지는 뻔할 뻔 자.

나도 모르게 중얼거린 소리에.

"전군 진격."

커다란 함성이 들려오기 시작했다.

"전군! 돌격하라!!!"

귀가 쩌렁쩌렁 울릴 정도의 목소리였다.

113장
마지막 전투

눈앞에 보이는 모습은 말 그대로 장관. 오죽했으면 저들과 함께 달리고 싶다는 생각을 할 정도였으니 다른 표현이 필요 없으리라.

거대한 함성을 내지르며 창을 들고 평원을 달리는 이들의 모습을 보니 고양감마저 생긴다.

"돌격!!"

"돌겨억!!"

"우와아아아아아아아아!!!"

"베니고어 여신님을 위하여!"

말을 타고 달리는 기마대 위로 신성력이 계속해서 떨어져 내린다. 땅을 울리는 소리가 들려오고 묘한 열기가 아군 진영에서 피어오르기 시작. 지휘통제실로 향하는 것도 깜빡 잊고 멍하니 저 광경을 바라볼 정도였다.

시간이 얼마 지나지 않아 적 본진에서는 마법들이 떨어져 내리고 우리 측 병력을 지키기 위한 방어 마법이 아군을 감싼다.

가지고 있는 마법 전력은 서로 엇비슷하다. 물론 적이 전력을 숨기고 있는지에 대해서는 알 수 없지만 최소한 우리 병력이 적에게 도달하는 것 자체는 수월할 것 같은 느낌이다.

병력 전체를 감당할 수는 없었는지 군데군데 떨어진 마법이 커다란 소리를 내며 아군 병력에 피해를 주고 있었지만 이 정도 피해는 미비하다고 할 수 있을 정도다.

하지만 당황하지 않고 방패를 들고 아군 병력을 맞이할 준비를 하는 적 병력을 보니 녀석들이 확실히 이쪽을 기다려왔다는 걸 알 수 있었다.

돌진해 오는 기마대를 막기 위한 장치가 땅 위에서 솟아오르고 몇몇 기마병이 자신의 힘을 버티지 못하고 땅바닥을 나뒹군다.

해당 지역에 곧바로 신성력이 떨어지지만 이미 나가떨어진 병력의 생사를 장담할 수 있을 리 만무.

'아직까진 나쁘지 않아.'

천천히 주변을 둘러보며 주변 정황을 파악하는 것은 순식간, 이지혜의 판단을 무시한 것은 아니었지만 나 역시 전체적인 상황을 인지하고 있어야 한다고 생각했기 때문이다.

이미 진영을 갖추고 있는 적을 보니 확실히 우리가 당도할 것을 예상하고 있었다.

캐슬락은 미끼. 원하는 것은 대회전. 이를테면 이 평원은 녀석이 만들어낸 무대.

원하는 정보를 취하고 원하는 타이밍에 원하는 싸움을 하기 위한 설계라고 봐도 무방했다.

병력의 질과 양은 딱히 어느 쪽이 우월하다 말할 수 없을 정도. 공성전 자체도 하는 둥 마는 둥 하고 있는 걸 보면 어떻게 생각해도 내 판단이 맞다고 할 수 있으리라.

차라리 저쪽이 성을 먹고 있는 상태였다면 조금 더 여유를 가질 수도 있었으리라. 대형을 재정비하고, 캠프를 세우고 전선을 구축하고 여유 있게 증원군을 기다릴 수도 있었다.

물론 성이 아직까지 먹히지 않은 건 다행이라 할 수 있지만 이 상황 자체를 설계한 게 녀석이란 것 자체는 불편할 수밖에 없었다.

숨겨둔 수나…… 보험이 있다는 것. 그 말 말고는 지금 현 상황을 설명할 수 있는 말이 없다.

전쟁을 조금 더 오래 보고 싶었다면 조금 더 길목을 틀어막는 것에 집중했어야 했다. 질질 끌며 어떻게든 현 본대가 캐슬락에 도착하지 않도록 설계하는 것이 맞다.

악마 소환사의 지휘부에서 어떤 결론이 나왔는지 모르겠지만 저쪽 역시 이번 전쟁을 길게 끌고 싶진 않을 터. 어떻게 생각하면 서로의 이해관계가 일치했다고 볼 수 있으리라.

차이점은 정보의 양이다. 이건 문제가 될 소지가 있다.

"형님, 들어가지 않는 거요? 여기 있으면 위험하다니까."

"아니. 바로 들어갈 거야."

대충 고개를 끄덕이며 간이 통제실로 들어간 것은 당연지사. 여전히 마력 홀로그램을 부여잡고 병력을 컨트롤하기에 여념이 없는 이지혜의 모습이 시야에 비쳤다.

이쪽을 곁눈질로 바라보자마자 곧바로 입을 여는데, 약간의 짜증이 묻어 있었다.

"오래 걸렸네요. 뭐하러 거기서 멍하니 있었어요? 빨리 와서 이거나 좀 도와주지."

"누나가 알아서 잘하고 있겠거니 생각했어. 그것보다 상황은 어때?"

"나쁘지도 좋지도 않아요. 일단 우리 본대를 적 병력까지 밀어 넣는 데 성공은 했지만…… 아! 피해가 크지 않다는 것 하나는 마음에 드네요."

"그럼 뭐가 문제야?"

"문제가 없는 게 문제예요. 그냥 불안할 뿐인 거지. 확실히 저쪽도 준비를 많이 하긴 했네요. 화면에 비치는 네임드들 보여요?"

슬쩍 여신의 거울을 바라보자 확실히 네임드라고 할 수 있는 이들의 얼굴이 보였다.

러시아판 박덕구와 샤오 린, 진청은 보이지 않았지만 그들과 비슷한 수준의 무력을 가지고 있는 이들이 전투를 기다리고 있다.

"라이오스에서 봤던 애들이 다 있네. 모르는 얼굴도 좀 보이고……."

"아직 전부 다 파악되지는 않았어요. 각 지역에서 이렇게까지 데려온 걸 보면 이 전투에 사활을 걸고 있다고 봐도 될 거예요. 덕분에 다른 지역은 여유가 생겼겠지만 지금 그거 좋아할 타이밍도 아니고…… 아무튼 앞전에 창 던지는 놈을 잡아놓길 잘했네요. 저 라인업에 그 자식까지 합류했다고 생각하면 조금 불편할 것 같거든요."

"캐슬락에서의 지원을 바라는 건 힘들겠지?"

"캐슬락은 지금 전투 중인 게 아니라 갇혀 있는 거예요. 예를 들면 마왕에게 잡혀간 공주님 같은 느낌이랄까. 이게 위험하다는 걸 알면서도 어쩔 수 없네요. 공주님을 버리고 싶어도 버릴 수가 없으니까."

"예가 적절하네."

"네, 그리고 이거 다시……."

"아, 전술 김현성."

"아직 떨어뜨리지는 않을 거예요. 일단 오빠도 대기하고 있어요. 길이 열리거나 상황이 불리해지면 그때 투입할 테니까. 그전까지는 6, 7부대 맡아주시면 될 것 같아요. 지금 좌표 전송할게요."

"응, 누나."

전투는 이제 막 초입이다.

여신의 거울에서 비친 모습은 서로가 검과 창을 부딪치는 병력들은 악을 쓰고 상대방을 밀어내려고 하는 도중.

먼 곳에서 바라보면 각 부대가 확실히 진영을 유지하고 있지만 가까이서 보면 병력과 병력들이 조금씩 섞이고 있다.

'이건 괜찮네.'

-이 더러운 악마의 하수인들아! 신이 너희를 용서하지 않을 것이다!

-미친 자식들, 악마는 네놈들이다!

-난쟁이들 못 들어오게 막아! 난쟁이들!

-누구보고 난쟁이라는 게냐! 악마에게 영혼을 판 인간 놈들이!

이미 대열을 갖추고 있는 녀석들과는 다르게 이쪽이 지향해야 하는 바는 저 대열을 무너뜨리는 것.

그런 의미에서 대열을 찢고 들어가는 드워프들은 확실히 고개를 끄덕일 만했다.

작고 단단한 몸, 질 좋은 갑옷으로 완전무장한 저 병력은 어떻게 생각해도 이런 전투에 유리하다. 커다란 도끼를 들고 휘두르며 방패를 든 적 병력을 뚫어내고 있는 모습을 보니 입이 떡 벌어질 정도였다.

작아서 할 수 있는 전투가 있다. 인간이 중형이나 대형 몬스터를 상대하는 방법이 그렇다. 아래에서 위로 올려쳐 중심을 무너뜨리거나 집요하게 하체를 공격해 체력을 소모시킨다.

저들은 그런 방면의 스페셜 리스트라고 부를 수 있을 정도.

조금씩, 조금씩 열리기 시작한 길로 아군 병력이 물밀 듯이 밀고 들어가는 게 눈에 보인다.

'옳지!'

한쪽에서는 거대한 정령들이 정령 마법을 뿌려댔다. 커다란 한 방은 없었지만 지속적으로 상대의 신경을 긁고 있다는 건 칭찬할 만한 일이다.

일단 병력 자체가 뻥튀기된다는 느낌이 좋다. 소환사 하나가 최소 둘에서 셋을 유지하고 있으니, 힘이 부족한 전선에 힘을 보태주기에 충분하다.

물론 상대적으로 밀리는 곳 역시 존재했지만 소강상태를 맞이한 장소보다는 이미 뚫어낸 지역 쪽에 집중하는 게 낫다.

마치 람보르기니에 탑승한 운전자의 심정으로 김현성 전용 화면을 연결하자 이쪽의 목소리를 기다리고 있는 녀석을 볼 수 있었다.

-출발하는 겁니까?

"네. 일단 좌표 찍어드리겠습니다."

-네.

"처음부터 무리하시지 마시고 섞이기 시작한 병력에 힘을 보태주는 식으로……."

-네. 확인했습니다.

이미 한 번 해본 만큼 다음 작업은 조금 더 수월한 것 같은 느낌.

일단은 김현성이 포함된 아군 병력을 전략적 포인트에 안치시키는 게 목표다. 혼자가 아니라 병력이 갈 길을 열어줘야 하기 때문에 이전처럼 정신없는 느낌은 아니다.

덕분인지는 모르겠지만 자꾸 뭔가 아쉬운 기분. 이건 어쩔 수 없다고 생각했다. 이미 머리가 김현성의 움직임을 기억하고 있다. 녀석 하나를 움직일 때는 느끼지 못했던 답답함이 자꾸만 숨을 턱턱 찌르고 있었다.

'그래도.'

김현성은 김현성. 함께 간 김예리나 조혜진을 비롯한 이들과는 당연히 시너지가 좋다. 질이 좋은 병력으로만 구성했으니 그럴 만도 하건만 지금 현재 보여주고 있는 모습 역시 놀라움의 연속이었다.

-지원 요청! 원군 요청해! 최대한 빨리…… 원군 요청!

-사제! 불러!

-지원이…… 커헉!

이런 상황에서 발이 묶이면 안 된다는 건 그 누구보다 내가 잘 알고 있다. 계속해서 병력을 움직이며 안에서 깎아내리는 식으로 운용했다. 김현성을 중심으로 꾸역꾸역 밀고 들어가는 모습은 확실히 신의 군대라고 해도 위화감이 없어 보였다.

'지금 꺼내도 괜찮지 않을까.'

상대 마법사, 사제 분대와의 거리가 조금 애매하기는 하다. 김현성을 따로 내보내도 될지 안 될지 판단이 잘 서지는 않지만.

'수틀려도 탈출할 수 있겠지?'

이쪽에서 계속해서 좌표를 찍어준다면 가능할 것이다. 조금 더 이득을 보고 싶다는 생각이 위험하다는 것은 알고 있지만 여기서는 김현성의 능력을 믿는다.

가장 가까이에 있는 드워프 부대에 병력을 맡긴 이후 사랑스러운 회귀자에게는 따로 명령을 하달. 수십 개의 마력 홀로그램이 내 시야 앞에 그대로 노출된다.

시작하기도 전부터 머리가 지끈거렸지만 이 묘한 기분을 다시 한번 느끼고 싶다는 생각에 그대로 손가락을 놀리기 시작했다.

시간이 얼마 지나지 않아 코에서는 다시금 코피가 흘러내렸지만 이런 것에 신경 쓸 여유는 없다.

"좌표 보내겠습니다. 단독 행동입니다. 멀리 떨어지지는 않을 겁니다, 현성 씨."

-확인.

기분 탓인지는 모르겠지만 김현성의 목소리도 조금 들뜬 느낌. 곧바로 김현성이 적 병력의 뛰어드는 것을 확인한 이후에는 나 역시 조금 홀로그램에 집중했다.

마치 눈앞에 화면 속에서 빨려 들어가는 것만 같은 감각. 두 번째임에도 불구하고 무척이나 신기하게 느껴졌다.

"목표 설정. 적 마법사 분대부터 처리하겠습니다."

-확인.

아까보다 더 길을 찾기 힘들다. 적은 대열을 정비하고 있었고 길을 만들기는 어려웠으니까. 하지만 주변 병력의 영향을 받아 조금씩 보이기 시작한 길로 김현성을 밀어 넣는다.

투입되자마자 결과를 만들어내는 능력은 놀라울 지경. 검을 휘두르고 찌르고 몸을 돌리며 전진하는 모습은 역시나 이해할 수 없을 정도였다. 아마 적들이 보유하고 있는 네임드들 중에서도 이 정도의 움직임이 가능한 이들은 존재하지 않으리라.

이전에 있었던 전투와의 차이점은 김현성이 손속에 사정을 두지 않았다는 것.

'그만큼 여유가 없는 거야.'

마냥 기뻐할 수도 없는 일이었다. 사방팔방에서 마법이 쏟아지고 검과 창이 날아 들어와 꽂힌다. 어떻게든 전진하고는 있기는 하지만 아마 녀석 역시 평소보다 몇 배는 더 집중하고 있을 거라고 생각했다.

계속해서 무기와 팔다리가 공중으로 치솟고 비명이 들려왔지만 규격 외의 검사는 멈추지 않고 목적지를 향해 이동한다.

분대와의 거리가 조금 멀어진 느낌. 급하게 분대 하나를 안쪽으로 조금 더 투입한 이후 경과를 기다리는 것은 당연.

막 김현성이 적 마법사 분대에 앞에 섰을 때였다.

'어?'

콰지지지지지지직!

하는 커다란 굉음과 함께 정체불명의 마력이 이쪽을 훑고 지나간 것.

"누나, 방금……."

"제길……. 제길! 오빠, 지금 여신의 거울 살아 있어요?"

'시발.'

이지혜의 앞에 있는 마력 홀로그램이 단계별로 꺼지기 시작한 것이 눈에 들어온 것은 순식간. 사태를 파악하는 머리보다 입이 한 발 더 빠르게 움직였다.

"현성 씨! 후퇴!"

피융!

하는 소리와 함께 이쪽의 눈앞에 있던 마력 홀로그램 역시 암전.

"이 개새끼……."

악마 소환사 새끼가 노린 게 무엇인지 그제야 깨달을 수 있었다.

지휘체계의 혼란.

어떻게 보면 외통수를 맞았다고 할 수 있는 상황이다. 현재 전장에 나가 있는 야전 지휘관들과 일부 병력이 느낄 혼란이 어느 정도인지 상상하기 힘들 정도였다.

계속해서 유지되고 있었던 커뮤니케이션 수단이 일순간 마비됐다. 사태의 심각성은 이루 다 말할 수 없을 것이다. 아군이 혼란을 느끼지 않는 것이 이상하리라.

'너무 의지했어.'

그 말 그대로였다. 병력 전체를 마치 한 몸처럼 유기적으로 움직이던 수단이었다. 하지만 너무 일방적인 수단이기도 하다.

한 컨트롤 타워에 수많은 병력에 대한 통제권이 달려 있다는 것. 이 장점이 약점이 될 수 있다는 걸 생각하지 못했다. 간단히 말해 아군이 가지고 있었던 이점이 한순간에 날아갔다는 거다.

이쪽이 여신의 거울을 통해 병력을 통제하고 있다는 걸 이미 알고 있었던 모양. 조금만 머리가 돌아가는 녀석이라면 깨닫는 게 당연하겠지만 그에 대한 대응책이 벌써 마련되었을 거라는 건 예상하지 못했다.

지난 전투와 지지난 전투의 포석이 이걸 노리고 있었다는 걸 깨닫고 말았다.

궁금해지는 것은 어떤 식으로 이쪽의 컨트롤 타워를 완전히 마비시킬 수 있었는가.

'어떻게 마비시킨 거지?'

마법이라는 것 외에는 정확한 수단이 무엇인지에 대해서는 알 수 없다.

마도공학으로 이루어진 아티팩트를 무효화하는 수단이 있을 수도 있고 어쩌면 유기적으로 연결된 마력을 일순간 끊어버렸을 수도 있다.

악마 소환사 진청 본인이 바로 경지에 오른 마법사. 지난 전투를 직접 시찰했을 가능성도 결코 낮지 않다.

여러 생각과 추측이 머릿속에 날아 들어와 꽂혔지만 중요한 건 과정이 아닌 결과. 어떻게 아군 측에 엿을 먹였느냐보다 이 엿을 어떻게 갚아주느냐가 더 중요했다. 하지만 너무 긴박한 상황에 욕지거리를 내뱉을 수밖에 없었다.

"시발……."

"당황할 필요 없어요. 마력 홀로그램이 없어도 지휘체계를 유지할 수는 있으니까. 이전처럼은 아니지만…… 기본적으로는 가능할 거예요. 네. 가능해요."

"보수할 수는 없는 건가?"

"마력 홀로그램은 오빠 관할이잖아요. 그 아들내미라도 데려오지 그랬어요. 뭐…… 온다고 해도 별로 효과가 있을 것 같지가 않지만. 언제 재개될지 모르지만 현재 그게 중요한 게 아니에요. 일단 병력을 수습하는 게 먼저지. 이제 막 적응하던

참이었는데 이거 심기 불편하네요. 정말로…… 뒤통수를 맞은 느낌인데."

"……."

"솔직히 말할게요, 오빠."

"응."

"이길 거라는 보장은 없어요. 상대 지휘관이 저보다 다섯 수 정도는 더 내다보고 있는 것 같거든요. 여신의 거울이 있다면 어떻게든 비벼볼 수 있었겠지만 지금 이 시점부터는 무리예요. 최대한 버티기는 하겠지만……."

"안 좋은 소식이네."

"저도 자신 있게 이길 수 있다고 말하고 싶지만 혹시라도 무너질 걸 대비해 미리 말씀드리는 거예요. 최악의 경우를 생각해야 하니까. 극심한 피해를 볼 가능성에 대해서도 생각해야 해요."

자연스럽게 지휘통제실을 벗어나며 입을 열어오는 이지혜의 모습에는 정체 모를 불안감이 감돌고 있었다.

이런 상황을 대비해 다른 종류의 지휘체계를 마련해 놓았다는 건 다행이라 말할 수 있지만, 이건 말 그대로 대타에 가깝다. 기존보다 효율이 떨어질뿐더러 익숙하지도 않다.

현재 상황에 이점은 명백히 가면 쓰레기가 가지고 있다.

아마 이지혜가 굳이 저런 식으로 입을 열어온 걸 보면 그녀로서도 이다음에 대해서는 쉽사리 장담할 수 없는 모양.

다섯 수나 앞서 있다는 것은 녀석을 너무 과대평가한 것이 아닌가 하는 생각이 들기는 했지만, 이지혜 그녀가 나보다 더 녀석을 잘 알고 있으니 부정확하다고 말할 수는 없으리라.

어쩌다 한 번 마주친 나와는 반대로 그녀는 진청의 데이터로 이루어진 프로그램과 함께 수백 번이 넘는 종류의 게임을 시뮬레이션했다.

여신의 거울이라는 아이템이 없다고 가정한다면 이 체스 놀이는 그녀에게 불리하게 돌아갈 것이다.

내 생각이 맞다는 듯 손톱을 물어뜯으며 인상을 구기는 이지혜와 함께 밖으로 나서자 다시 한번 전체적인 전황을 한눈에 담을 수 있었다.

'제기랄.'

당연하지만 적의 움직임이 심상치 않다. 마치 기회라는 듯 아군 병력 전체를 싸 먹기 위해 팔을 벌리고 있는 것처럼 보였다. 병법에 대해서 정확히 알지 못하는 나도 현재 아군 병력이 위험하다는 것 정도는 깨달을 수 있을 정도다.

대기하고 있던 네임드들 역시 전장에 참가했는지 거대한 폭음이 연속적으로 들려오기 시작했다. 이번 기회를 놓치지 않겠다는 듯 끊임없이 밀고 들어오는 적 병력에 아군이 휩싸인다.

"지금 수습할게요."

수신호나 깃발을 들어 아군 병력을 컨트롤하고 있었지만 끈질기게 달라붙으며 물어뜯는 적 병력 때문에 그것마저도 쉽지 않게 느껴질 지경. 병력도 병력이지만 적진 한가운데 고립된 김현성의 소식 역시 궁금할 수밖에 없었다.

눈에 최대한 마력을 집중하고는 있지만 녀석의 모습이 보일 리 만무. 쉽게 당할 거라고는 생각하지 않았지만 위기에 빠져 있다는 건 부정할 수 없는 사실이다.

주변 병력들의 질이 그리 좋다고는 할 수 없지만 혹시나 다른 네임드들이 손을 보탠다고 가정하면 위험해질 가능성이 아예 없다고는 할 수 없다.

오매불망 이쪽을 기다리고 있을 사랑스러운 회귀자를 생각하면 여기서 손가락만 빨고 있을 수는 없다는 거다.

'김현성이 뒈지면…….'

이야기는 여기에서 끝. 전쟁의 승패도 승패지만 이 이후의 일도 문제. 초월적인 존재들이 회귀시킨 존재가 뒈진다면 이후 대륙의 앞날이야 불 보듯 뻔했다.

'그건 안 돼.'

회귀자의 옆에서 달콤한 꿀을 빨며 온갖 부귀영화를 누려야 한다는 이쪽의 계획이 엉망이 된다.

'죽으면 안 돼.'

뭐라도 해야 하는 상황. 애초에 녀석을 사지로 밀어 넣은 것은 이쪽이었으니까.

'시발……. 김현성.'

생각을 정리하는 것은 순식간. 곧바로 입을 열자 입을 커다랗게 벌리는 이지혜의 얼굴이 시야에 비쳤다.

"누나."

"네?"

"나 내려간다."

"네, 그건 알아서. 네? 미쳤어요?"

"예비대 준비해 줘. 지금 바로 출발할 거니까."

"뭐……."

"어차피 딱히 방법도 없다며? 병력은 누나가 컨트롤하면 되니까. 나는 딱히 할 일도 없고 지금으로서는 이게 최선이야. 안쪽에서도 전체적인 명령을 하달할 지휘관이 하나 정도 있으면 좋으니까."

"그게 문제가 아니에요. 지금 상황 안 보여요? 최대한 수습은 하고 있지만, 뚫고 나가는 것도 문제라고요. 저 안에 스스로 기어들어 간다고요? 죽을 거예요. 분명히 죽을 거라고요."

"어차피 전쟁에서 지면 뒈지는 건 마찬가지야."

"……."

"나도 내 한 몸 지킬 정도는 되니까 너무 걱정하지 마, 누나. 오래오래 기생충처럼 남 등골 빼먹으면서 잘 살아야지. 전부

다 이뤄놓고 여기서 뒈지면 억울해서 제대로 눈도 못 감을걸."

"그건 알지만……."

"나 간다."

"……."

"……."

"알아서 해요. 제길. 멍청한 인간. 정말로 죽어도 난 몰라요."

"안 죽어."

그 말이 맞다. 만약 여기에서 칼이라도 맞는다면 억울해서 눈도 제대로 감을 수 없으리라.

괜스레 입술을 깨물며 발걸음을 옮겨 지휘통제구역을 완벽하게 벗어나자 후방을 보호하는 부대가 시야에 들어왔다. 저들의 눈으로 보기에도 현 상황이 비관적인지 하나같이 표정들이 좋지 않다.

아마 지휘부가 혼란스러워하는 걸 실시간으로 확인했을 테니 이쪽보다 더욱더 불안했으리라. 그나마 상황을 조금이라도 파악하고 있었던 우리와는 반대로 저들의 입장에서는 그저 혼란스러운 모습만 보였을 테니까. 심지어 나까지 바깥으로 튀어나오자 걱정이 확신이 된 듯한 얼굴들이다.

슬쩍 곁눈질로 그쪽을 흘겨보자 허겁지겁 이쪽으로 달려오고 있는 한 사람이 있었다.

후방 부대로 편성된 박덕구였다.

‘아, 이 새끼가 있었지.’

“혀, 형님!”

“…….”

“이게 무슨 일이요? 무슨 문제라도 있는 거요?”

“자세한 이야기는 이후에. 문제가 생겼다, 덕구야. 병력 준비시켜. 지금 곧바로 내려갈 테니까.”

“저기로 간다. 이 말이요?”

“현성 씨가 고립되어 있어. 혜진 씨와 에리도 마찬가지고. 아직 괜찮은 것 같기는 하지만 곧 적군에 휩쓸릴 거다.”

“도대체 무슨 문제가 생겼길래…….”

“설명하자면 길어. 아무튼 지금 당장.”

“나, 나도 가도 되는 거요?”

‘이 돼지 새끼…….’

슬그머니 녀석을 바라본 것은 당연지사. 솔직히 함께 가겠다고 말할 거라 예상은 했었지만 한 치의 망설임도 없이 이야기를 꺼내올 줄은 생각지 못했다. 아무렇지도 않은 척하고 있었지만 이곳에 있기가 미안했던 것 같았다.

“도, 도움이 될지는 모르겠지만 나도 같이 내려가 봐야겠소. 형님이 어떻게 될지도 모르고, 다른 사람보다는 내가 옆에 있는 게 더 든든할 거요. 형님 몸에는 손가락 하나 대지 못하게 할 거라고 말하지 않았소.”

"그래…… 고맙다."

"고마워할 일도 아니요. 다, 당연한 일이지. 그러니까 지금 우리 길드원들을 구하러 간다는 거 아니요."

"그게 가장 중요하긴 하지만 그런 이유뿐만은 아니야."

'전장 안에서 사태를 수습해 줄 사람이 필요하기도 하고.'

여러 가지 할 수 있는 일이 많다. 하지만 지금 당장은 내려가 제대로 자리를 잡는 게 최우선 사항이다.

"아, 아무튼 알겠소. 그러면 병력은……."

"아마 누, 아니, 지혜 씨가 준비해 줄 거다. 후방에는 최소한의 부대만 남기는 거로. 규모가 크지는 않겠지만 뚫고 들어가 합류할 정도는……."

"알겠소. 그럼 빨리."

'일 처리 하나는 빠르네.'

박덕구가 괜스레 주변을 두리번거리고 있었을 때 이미 편성을 마친 부대가 이쪽으로 다가왔다.

나 역시 가지고 있는 걸 정비하는 것은 순식간. 굉음이 들려오고 있는 전장을 바라보자 괜스레 심장이 떨려오기는 했지만 이대로 허송세월하는 것보단 뭐라도 시도해 보는 것이 맞다.

슬쩍 뒤를 돌아보자 고개를 끄덕이는 이들의 얼굴이 시야에 비쳤다.

"간다."

"너무 갑작스러운데……. 거, 정말로 괜찮은 거요?"

"괜찮다니까."

"그렇다면 문제는 없지만…… 뭐, 그냥 갑자기 불안해져서 한 소리요. 이거, 기분 탓인지는 모르겠는데 이렇게 형님 옆에 서서 싸우는 게 얼마 만인 줄 모르겠다니까."

"기분 탓 아니야. 실제로도 오래됐으니까."

"이렇게 둘이 서 있으니까 튜토리얼 때도 생각나고…… 뭐 그렇소."

"쓸데없는 잡담은 끝. 간다."

박덕구가 괜스레 방패를 두드리는 모습이 보였다. 그걸 신호로 받아들였는지 방패를 든 아군 병력이 계속해서 검으로 방패를 두드리기 시작.

투구를 고쳐 쓰는 병사들 사이에 있으니 괜스레 식은땀이 흘러나온다. 괜한 짓을 하는 건 아닐까에 대해 심각히 고민해 봤지만 가만히 있는 것보다는 이게 더 도움이 될 것이다.

점점 더 발걸음이 빨라지고 있는 병력들 사이에 내가 섞여 있다는 게 잘 실감이 나지는 않은 것은 당연지사. 괜한 함성을 지르지는 않았지만 전쟁터에서 고함을 치며 돌격하는 이들의 심정이 이해가 간다.

하늘에서는 계속해서 화살과 마법들이 떨어져 내리고 병력들이 발을 굴리는 소리가 심장을 두들긴다. 어떻게 출발했는지도 기억이 나지 않을 정도.

'제길.'

적과 가까워질수록 점점 더 몸에 힘이 들어가기 시작한다.

마침내 아군과 적군이 부딪쳤을 때 부대 전체가 받는 충격이 이쪽에 떠밀려 오는 것처럼 느껴졌다.

콰드드드드득.

"으아아아아아악!"

"개자식들! 죽어!"

"베니고어 여신님을 위하여!"

끊임없이 귀를 때리는 소음과 적의.

마침내 전장에 자리하게 된 것이다.

'제기랄!'

전투에 임하는 게 처음은 아니다. 현장을 떠나 있기는 했지만 파란의 초창기부터 김현성을 따라다니느라 온갖 위험을 마주했고 실제로 근접 전투 역시 심심치 않게 치러왔다.

하지만 그건 소규모나 던전의 경우. 이렇게 인간들 틈 사이에서 대규모의 전투를 치르는 것은 처음이다.

화면으로 상황을 바라볼 때와는 느낌이 다르다는 것을 인정할 수밖에 없었다.

온갖 인간이 만들어내는 열기. 여기저기서 울려 퍼지는 소음과 비명. 땀 냄새와 섞인 피 냄새. 크게 당황하지는 않았지만 익숙하지 않은 환경에는 인상을 찌푸릴 수밖에 없었다.

'괜히 내려왔나.'

굳이 안전한 후방 자리를 내팽개치고 전장 한가운데에 들어서니 심기가 불편했지만 이미 기차는 떠났다. 지금 와서 후회하기에는 너무 멀리 와버렸다.

부대의 전열이 느낀 충격이 그대로 뒤에도 전달되는 느낌. 적 병사들 사이로 꾸역꾸역 섞이기 시작하는 전위들이 시야에 비친다.

쾅!

콰득!

"아아아아아악!"

"제기랄!"

"밀집해! 밀집!"

"개새끼!"

"아아아아아악!"

콰직!

물론 그마저도 제대로 보이지 않는다. 내게 허락된 시야는 갑옷과 방패로 둘러싸인 채 고군분투하는 아군 전위들의 뒷모습이 전부였으니까. 아마 내가 눈깔 사용자가 아니었다면 상황을 제대로 파악할 수도 없었으리라.

혼란스러운 머릿속과는 다르게 내 눈은 계속해서 주변의 정보를 받아들이고 있다.

쓰러진 이들 덕분에 발걸음을 옮기기는 일조차 쉽지 않았다. 계속해서 적 병력을 뚫고 나가는 아군이 신기하게 느껴질 정도.

다시 한번 상황을 차분히 살펴보자 박덕구가 인상을 구기며 방패를 휘두르는 모습이 시야에 비쳤다. 내 옆에 딱 달라붙어 적군을 방패로 밀치는 녀석을 보니 정말로 튜토리얼이 때가 떠오른다.

녀석이 막고 이쪽이 찌른다.

물론 현재는 그렇게 하진 않지만 당시 든든했던 놈의 모습이 계속해서 머릿속에 떠올랐다. 튜토리얼 몬스터에게나 먹혔던 방법이기는 했지만 움직일 수 있는 공간이 제한된 이곳에서도 꽤나 적절한 방법이리라.

나를 대신해 창을 든 병사들이 방패를 든 전위의 뒤에서 공격하고 있다.

"형님, 제대로 따라오고 있는 거요?"

"너는 앞만 봐라. 이쪽은 신경 쓰지 말고."

"거, 아, 알겠다니까. 그보다 어느 쪽으로 가는 거요?"

"서쪽. 일단은 가장 가까운 부대에 합류하는 게 먼저."

"알겠으니까. 제대로 따라오는 거요? 다른 건 몰라도 꼭 저기까지는 데려갈 테니까."

"알겠으니 집중해, 덕구야."

"형님이나! 잘 따라오쇼!"

최대한 서둘러 이동한다지만 움직임이 더디게 느껴지는 것은 당연했다. 용 숨결 물약이라도 던지고 싶은 심정이었다. 그러나 아군이 피해를 입을 수 있다고 생각하면 이런 무기를 마음껏 쓸 수도 없는 법.

연금소환 역시 마찬가지다. 무엇보다 이쪽의 위치가 발각될 수도 있다고 생각했기 때문이다.

예비대로 급하게 편성한 병력. 적 병력을 뚫어낼 정도는 되지만 집중적인 공세를 감당할 수 있을 정도로 강하지는 않다. 만약 현재 이 병력에 내가 섞여 있다는 사실이 밝혀진다면 적 마법사들이 우리가 있는 위치로 마법을 쏟아부으리라.

안쪽에 있는 본대와 합류하는 것이 현재로서는 최우선 사항이다.

예비대 역시 그 사실을 알고 있다. 그렇기 때문에 이토록 필사적으로 움직이고 있는 것이리라.

"뚫어내!"

"밀리지 마! 밀리지 마! 어떻게든 본대로 보낸다. 어떻게든!"

"커헉!"

저들의 임무는 나를 본대로 보내는 것.

한 명, 한 명 쓰러지는 이들의 모습이 보였지만 짧게 신성력을 보내주는 것 이외에 할 수 있는 일이 없다.

손을 잡아주거나 끌어주고 싶지만 리타이어한 이들에게 신경이 끌린다면 이곳에 고립될 것이다.

아무리 양심이 없는 개새끼라도 이쪽을 위해 목숨을 걸어주는 이들을 보고 다른 생각을 할 수 있을 리 만무하다.

'제기랄. 제기랄.'

콰득!

콰지지직!

"막아! 막아!"

"앞에 막으쇼! 마법 떨어지니까 방패 들어! 방패 들으라니까! 뭐 해! 방패 들어!"

"화살! 화살! 아군 마법사는 뭐 하고 있는 거야!"

"사제! 사제!"

바로 옆에서 사제를 부르짖던 병사의 가슴에 화살이 박힌다. 그사이 한 놈이 창을 들고 달려왔지만 커다란 방패가 앞을 가로막는다. 잠깐 틈이 생긴 곳을 다시금 아군 병사가 메꾼 것이다.

슬쩍 아래를 바라보니 가슴에 화살이 꽂힌 병사가 숨을 헐떡이고 있었다. 아군 전투 사제가 급하게 녀석의 상태를 살피기는 했지만 이미 가망이 없는 상황.

물론 최대한 신성력을 밀어 넣어 생을 연장시키려고 하는 모습은 보이지 않았다. 이미 가망이 없는 이에게 자원을 소비하는 게 얼마나 멍청한 짓인지 알고 있기 때문이리라.

'이래서 시발, 전쟁, 전쟁, 하는 거네. 시발…….'

개인의 죽음은 비극이지만 다수의 죽음은 통계라고 누군가 이야기했다.

딱 그 꼴이라고 생각할 수밖에 없었다. 아군의 죽음을 슬퍼할 시간조차 없다. 누가 죽었고 누가 살았는지 생사를 확인하는 것부터 불가능하다.

죽어간 이 모두 각자의 사연이 있겠지만 전쟁이라는 큰 배경으로 봤을 때는 그저 사망자 1에 불과하다. 그 누구도 죽어가는 이들은 기억하지 않는다.

"기억하겠습니다."

"가, 쿨럭, 감…… 사합니다."

울컥울컥 피를 토하며 조용히 눈을 감는 병사의 모습에는 괜스레 숙연해진다.

물론 나 역시도 기억하지 못할 것이다. 하지만 말 한마디 건네는 것 정도는 쉽다. 비교적 편하게 눈을 감은 병사를 보며 고개를 끄덕였지만 입안이 쓴 건 어쩔 수 없었다.

이미 리타이어한 병사들을 내버려 두고 현 예비대는 계속해서 나아가기 시작한다.

시간이 지나면 지날수록, 점차 전장의 소음에도 익숙해진다. 죽어 나가는 이들에게도 무감각해진다.

"죽어!"

"아아아아아악!"

"개자식들! 개자식들! 개자식들!"

"조금만 더 힘내자! 이 새끼들아! 조금만 더! 지지 마! 조금만 더 뚫어내면 돼!"

"안쪽에는 손끝 하나 못 대게 하라니까!"

"화살! 화살! 방패 들어! 방패 들어! 사제랑 마법사 보호! 보호!"

쏟아지는 화살 비에 커다란 방패가 시야를 가린다. 방패를 뚫고 들어오는 화살도 섞여 있는 것을 보면 적군에 많은 마력을 활용할 수 있는 궁수가 섞여 있는 모양. 하지만 그 피해가 그리 크지는 않다.

박덕구를 포함한 아군은 다시 한번 방패를 들고 주변 이들을 쳐내거나 베며 앞으로 나아간다. 고지가 그리 멀지 않은 느낌.

옆쪽에서 커다란 굉음과 비명이 들려온 것은 바로 그때였다.

'제기랄.'

아군 병력이 공중으로 치솟아 오르며 바깥으로 튕겨 나간다. 자세한 상황이 어떤지는 알 수 없지만 무슨 일이 일어났는지는 뻔했다.

'적 네임드?'

콰드드드드득!

콰지지지지지지직!

"아아아아아악!"

"막아! 막아…… 오지…… 켁!"

'어떤 놈이야.'

저 멀리서 무식하게 달려오는 개자식의 얼굴은 꽤나 익숙하다. 박덕구만큼이나 커다란 덩치를 가지고 있는 러시아인.

발렌틴 알렉산드로.

공화국의 오호대장군, 로나프의 학살자, 로나프의 싸움꾼.

라이오스 사태 때 정하얀의 마법에 오른팔을 다치면서까지 악마 소환사 진청을 구해낸 개자식.

마치 전차처럼 아군을 밀고 들어오는 녀석의 모습에 입술을 꽉 깨문 것은 당연지사.

'위치가 발각된 건가?'

아마 그건 아니라고 생각했다. 아직까지 집중적으로 마법 포격이 떨어지지는 않았으니까. 아마 이 예비대를 본대와 합류시키기 싫기 때문에 녀석을 이쪽으로 투입시킨 모양이다.

너무나도 쉽게 중갑을 입은 전사들을 날려 버리는 모습은 어째서 저 정도의 힘을 지닌 이들을 규격 외라 부르는지 잘 알려주고 있었다. 굉음을 내며 피를 뒤집어쓴 녀석의 모습은 마치 거대한 중형 몬스터 같았다.

'아군 지원은 없는 건가.'

이지혜도 이쪽을 신경 쓰고 있을 것이다. 하지만 적군 병력에게 완전히 감싸진 아군의 상황상 시간 안에 지원해 주지 못할 확률이 높을 것이다.

이곳에서 조금 떨어진 곳에 틀림없이 아군 병력이 길을 뚫고 있을 것이다. 사국동맹의 깃발이 눈으로 확인되고 있으니까.

하지만.

'저게 시간 안에 올까?'

물론 와주면 좋겠지만 와준다고 해도 문제. 저 미친 고릴라를 막아야 한다는 건 이쪽에게도 커다란 부담이다.

'아니. 막을 수는 있어.'

지금 있는 병력으로도 가능할 것이다. 연금소환과 용 숨결 물약으로 시간을 버는 건 가능하다.

만일을 대비해 빛 폭탄 물약도 가지고 있으니 어쩌면 저 무식한 새끼와 잠깐이라도 비빌 수 있을지 모른다. 내 옆에는 그 누구보다 든든한 방패가 함께하고 있으니까.

문제는 그 이후, 내 위치를 확인한다면 본대와 합류하기도 전에 예비대는 적 병력의 견제를 받을 것이다.

하지만 선택의 여지가 없다. 당장 지원을 기대할 수 없는 상황이었으니까.

최대한 빠르게 막고 최대한 빠르게 마중 나온 병력과 합류.

불안한 감은 있었지만 그게 가장 합리적인 선택에 가깝다.

입을 여는 것은 순식간, 박덕구가 이쪽을 바라보았다.

"덕구야, 전투 준비해라."

"이길 수 있는 거요?"

"가능할 거다. 준비나 해. 저거 마중 나가야 하니까."

"……."

"……."

"형님."

"왜."

"나도 바보는 아니요."

"뭔 개소리야. 갑자기."

"대충 지금 상황이 어떻게 돌아가고 있는지 알고 있다, 이 말이요. 지금 위험한 상황이라는 것도 알고 형님이 여기에 있으면 안 된다는 것 정도도 알고 있다니까. 아니, 형님이 여기 있다는 걸 적이 알면 안 되는 거…… 뭐, 그거나 이거나 똑같긴 하지만."

"닥치고 준비나 해, 돼지 새끼야. 정말 급하니까. 농담 받아줄 시간도 없고."

"형님은 먼저 가쇼. 여기는 내가 맡을 테니까."

"지랄하지 마. 이게 만화영화 같아? 괜히 명장면 만들려고 무리수 두지 말고 입 다물고 전투 준비나 해. 농담하는 거 아니니까."

"먼저 가라고 했소. 여기는 내가 맡을 거요. 아마 남은 병력이 본대까지 데려다줄 거요."

"무슨 개소……."

순간적으로 박덕구가 내 어깨를 잡았다. 워낙 커다란 몸이다 보니 내가 올려다봐야 할 정도.

이상하게 이전에 봤던 모습이 계속해서 오버랩된다. 카스가노 유노를 통해서 봤던 1회 차의 기억이다.

"꼴사나운 모습 보여서 미안하다니까. 어째서 형님이 그렇게 침착하게 전장에 서 있을 수 있었는지 이제야 알 것 같소. 배려해 줘서 고맙고 함께해 줘서 고맙고 또 고맙소. 멍청한 소리처럼 들릴 거라는 거 당연히 알고 있소. 형님이 날 많이 믿지 못한다는 것도 알고 있고……."

"개 같은 짓 하지 마!"

"형님이 할 수 있으면……."

"지랄하지 마! 주제도 모르는 미친 돼지가!"

"나는 더 잘할 수 있다니까."

녀석이 나를 휙 밀쳤다. 내 의지와는 상관없이 떠밀린 나를 아군 전사들이 받아 들었다.

박덕구와 이쪽의 사이로 다시 한번 전쟁에 휘말린 병력들이 뒤섞인다.

로나프의 싸움꾼이 커다란 몸을 이끌고 쇄도해 오는 것은 순식간. 주제도 모르는 돼지가 커다란 방패를 등지고 놈의 팔을 부여잡는 모습이 시야에 비쳤다.

콰아아아아아앙!

커다란 충돌음과 함께 두 손을 맞대고 있는 장면이 내가 볼 수 있었던 마지막 장면.

"이 멍청한 돼지 새끼!!"

소리를 지를 수밖에 없었다.

114장
디아루기아, 율리에나

“이거 놔! 이 개새끼들아!”

“위험합니다!”

“이거 놓으라고 말했다, 개자식들아!”

“이러시면 안 됩니다, 명예추기경님. 부디, 부디 참아주십시오.”

“제기랄. 제기랄!”

“죄송합니다, 명예추기경님. 하지만…….”

“제기랄! 개 시발 멍청한 돼지 새끼! 멍청한 새끼! 자기가 뭐라도 되는 줄 알아?! 이 멍청한 돼지 새끼가!”

순간적으로 터져 나오는 화를 참지 못한 것은 당연지사. 깜짝 놀란 병사들의 모습이 시야에 비쳤다.

믿기지 않는다는 표정으로 나를 바라보는 이들은 마치 모두가 헛것이라도 본 듯한 반응이다. 지금 내가 보고 있는 사람이 그 명예추기경이 맞나, 하는 생각을 하는 게 빤히 보일 정도였다.

'제기랄.'

"제길……."

순간적으로 화가 머리끝까지 뻗친 덕에 기존에 있던 이미지를 완전히 말아먹어 버렸다.

남들 앞에서 이런 모습을 보이는 것은 또 처음이다. 욕은커녕 타인을 대할 때 언성도 높이지 않고 꼬박꼬박 존대했던 내 평소 이미지를 생각해 보면 저들이 당혹스러워 하는 것도 무리가 아니리라.

나 역시 실수했다는 것을 깨닫는다. 평소였다면 제법 호들갑을 떨었겠지만 현재는 그럴 기분도 아니다.

천천히 숨을 들이마시고 내뱉자 답답했던 가슴이 조금 내려가고 있는 것이 느껴졌다.

아직도 계속해서 화가 솟구치고 있었지만 이런 상황에서 흥분하는 건 아무 도움이 되지 않는다는 건 알고 있다. 고맙게도 병사들의 표정이 이성을 되찾는 데 도움을 주었다.

'냉정해야 해.'

침착해야 하고 냉정해야 한다. 화는 도움이 되지 않는다. 화는…… 도움이 되지 않는다. 쓸데없는 흥분은 독이다. 특히나 이런 상황에서는 아무런 도움도 되지 않는다.

'이 돼지 새끼……. 돼지 새끼! 멍청한 돼지 새끼!'

물론 그럼에도 화는 제대로 사그라지지 않는다. 어떻게 생각해도 박덕구가 발렌틴을 상대로 이긴다는 게 불가능하다고 느껴졌기 때문.

녀석이 크게 성장했다는 건 인정한다. 내구 스탯은 규격 외에 근접한다는 것도 알고 있다. 하지만 단순히 튼튼하다는 건 전투와는 또 다른 이야기.

상대가 그저 그런 병신이라면 상관없겠지만 로나프의 싸움꾼은 공화국에서 가장 강하다고 일컬어지는 5인 중 한 명이다.

걱정이 안 되는 것이 이상하리라. 아니, 애초에 승산은 없다. 어떻게 생각해도 박덕구가 녀석을 이길 수 있는 경우의 수는 생각나지 않는다.

남은 일은 얼마나 버틸 수 있느냐. 몸 하나는 튼튼한 녀석이니 쉽게 죽지는 않겠지만 죽을 가능성이 없는 것은 아니다. 최대한 수비적으로 상황을 유도한다고 해도 매 순간이 위기라는 점은 변함없을 것이다.

녀석뿐만이 아니라 근처에 발목이 잡혀 있는 아군 병력 또한 열세다. 사지로 발을 뻗은 거나 다름이 없다.

아군 병력의 기수가 이지혜에게 이미 수신호를 넣어놨겠지만, 지원부대가 도착할 때까지 박덕구가 버틸 수 있을지가 관건.

자꾸 개소리를 할 때부터 알아봤어야 했다.

'자기가 무슨 영화 주인공인 줄 알아.'

이미 돌아가기에는 늦었다. 차라리 본대와 합류한 이후 지원병력을 구성한 뒤에 나가는 게 더 합리적인 선택이리라.

지금 당장에라도 달려가고 싶은 심정이지만…… 어떻게 생각해도 왔던 길을 되돌아가는 건 어리석은 판단이다.

'그래. 이게 합리적인 판단이야.'

"합리적인 판단, 합리적인 판단……. 제기랄. 그래. 그게 합리적인 판단이야."

어떻게 생각해도 이게 맞다. 최대한 빠르게.

"최대한 빠르게."

"저…… 명예추기경님?"

"최대한 빠르게."

"명예추기경님."

"아, 네."

"저. 죄, 죄송합니다."

"아뇨."

"……."

"저야말로…… 죄송합니다. 못난 모습을 보였군요."

"아닙니다. 다, 당치도 않습니다. 못난 모습이라니, 충분히…… 이해할 수 있습니다."

"……감사합니다. 일단 최대한 서둘러 본대와 합류하도록 하겠습니다."

"네. 알겠습니다."

"동선은 제가 직접 지시합니다."

"혹시……."

"아뇨. 그쪽으로는 돌아가지 않을 겁니다. 본대와 합류한 뒤 뚫는 게 좋을 것 같습니다. 지휘부에서도 아마 정보가 들어갔을 테니 무언가 조치를 해줄 겁니다."

"네. 알겠습니다."

이름 모를 병사가 천천히 고개를 끄덕여 오는 게 시야에 비쳤다. 혹시나 이쪽에 대해 뭔가 안 좋은 생각을 하는 것은 아닌가 하는 걱정했지만 오히려 더욱더 충성스러워진 느낌마저 든다.

나야 이유는 잘 모르겠지만 괜한 문제가 일어나지 않아 다행이라 생각할 수밖에 없었다. 고개를 끄덕이며 다시금 발걸음을 옮겼다.

아직도 전투는 진행 중이다.

천천히 본대와 가까워지고 있었지만 전체적으로 병력이 이동하고 있는 게 느껴졌기 때문에 길을 잘 찾아야 한다고 생각했다.

아마 위에서는 가면 쓰레기와 이지혜가 머리싸움을 벌이고 있을 것이 분명. 실시간으로 전황이 달라지는 것 또한 바로 그 영향이리라.

'이건 다행이네.'

아직 본대가 완전히 싸 먹힌 것은 아니다. 계속해서 출구를 찾거나 약한 곳을 찌르고 있는 것이 분명, 안에 있는 병사들은 싸우기에 바쁘지만 아마 위에서 이 광경을 본다면 제법 재미있는 모습이 펼쳐지리라.

'돼지한테는 잘된 일이야.'

계속해서 그쪽에 고립되지 않아도 될 테니 운이 좋으면 다른 부대에 합류할 수 있으리라.

아군이 점점 가까워지는 것이 눈으로 확인되자 점점 조급해진다. 눈앞에 있는 부대 역시 우리를 확인했는지 이쪽으로 향하기 시작.

적 병력의 저항이 거세기는 하지만 충분히 뚫어낼 수 있을 만한 범주에 있다. 그사이에 이쪽을 본대로 보내기 위한 병력이 조금씩, 조금씩 줄어들고 있는 게 시야에 비쳤다. 살이 깎여 나가고 있다는 게 올바른 표현이리라.

"마법! 마법이다! 방어 마법 캐스팅해!"

"보호! 보호!"

그 순간 다시 한번 떨어지는 거대한 화염구.

콰드드득!!

방패를 든 몇몇 병사가 불길에 휩싸이는 것이 눈에 보였다.

"아아아아악!"

방금 건 시작에 불과. 본격적으로 떨어지고 있는 불덩이는 어처구니없게도 양측에 피해를 입히고 있었다.

뭔가 오류가 있었거나 컨트롤 미스. 아니면 대놓고 노린 걸 수도 있지만 하늘에서 떨어지는 마법은 계속해서 피해를 누적시켰다.

물론 이쪽이 해야 할 일은 변하지 않는다. 아군과 적군을 넘고 전진 또 전진.

다시 한번 아군 병력에 커다란 충격이 전해져 온 것은 바로 그때였다.

뭔가 공격이 들어온 것은 아니다. 가장 가까이에 있었던 부대와 드잡이를 하고 있는 적과 예비대가 몸을 부딪친 것. 적 입장에서는 뒤통수를 맞은 격이겠지만 아군은 뜻밖의 지원에 힘입어 분전하였다.

"조금만 더 밀어! 이 새끼들아! 밀어내! 지원이다! 지원 병력!"

'지원 병력이라고 하기엔 숫자가 그렇게 많지는 않지만.'

그래도 팽팽하게 대치하던 전장에 변수를 주는 것 정도는 된다. 이쪽 역시 알게 모르게 도움을 주는 것은 당연지사. 그래 봤자 연금 마법으로 조금씩 대미지를 줄 뿐이었지만 없는 것보다는 낫다.

물론 마력을 아껴야 한다는 건 알고 있다. 하지만 정말로 여유가 없다.

안 그래도 계속해서 시간이 지연되고 있는 상황. 광기에 휩싸인 전장은 각 개인에게 커다란 혼란으로 다가온다.

살짝 주변을 살펴보자 적 부대가 이쪽으로 향하고 있는 것이 보였다. 욕지거리가 튀어나올 뻔한 걸 가까스로 참아냈을 정도로 짜증이 치솟는 상황이었다.

가면 쓰레기 측에서 원군을 보낸 모양. 순간적으로 인상을 찌푸린 것은 당연할 것이다. 소소한 이득을 챙기기 좋아하는 녀석의 성격상 떨어져 나온 분대와 예비대를 가만히 내버려 둘 리가 없다.

현재 눈앞에 있는 부대를 예비대와 함께 싸 먹으려는 생각이 너무나 노골적으로 드러나 있었지만 이건 피할 수도 없다고 생각했다. 아니, 정확히 말하면 회피할 수는 있다. 분대를 그대로 둔 이후 루트를 바꾸면 괜찮겠지만.

'그건 안 돼.'

다시 한번 새로운 길을 찾는 건 무리수다. 눈앞에 있는 아군과 합류해 함께 길을 뚫는 게 더 빠르다. 정확히 병력이 어느 쪽으로 움직이고 있는지 또 어떻게 전황이 돌아가는지 나도 모르게 머릿속에 계속해서 들어오기 시작한다.

'본대와의 거리는 얼마나 되지?'

빠르게 헤쳐나간다면 충분히 기대하고 있는 시간 안에 맞출 수 있다.

"전투 준비."

"전투 준비!! 전투 준비!!"

이미 전투 준비는 되어 있다. 이곳은 전장의 한가운데였으니까. 방금 전 중얼거린 말의 뜻은 예비대와 아군 부대를 향해 달려오고 있는 새로운 이들을 맞을 준비를 하라는 것.

'어렵겠지만.'

선택의 여지는 없다. 잠깐 숨을 들이 삼키자마자 곧바로 여기저기서 비명과 고함이 들려왔다.

피가 튀고 팔과 다리가 잘려 나가는 전장의 한가운데 있다는 게 그리 유쾌한 기분은 아니었지만, 입술을 꾹 닫고 수인을 맺을 수밖에 없었다.

병장기가 서로 부딪치는 소리가 귀를 계속해서 때린다.

금방 섞이기 시작한 병력 사이로 기존해 자리해 있던 부대 역시 예비대에 합류한다. 이름은 기억나지 않지만 적 병력을 책임지고 있는 이의 얼굴이 제법 익숙하다.

죽었다 살아난 얼굴. 본대에서 떨어져 나온 부대. 떨어져 나왔다기보다는 적들이 꼬리 자르기를 하고 있다는 말이 적절하리라.

계속해서 소소한 이득을 보기 위해 병력을 돌려 깎으며 대미지를 축적시키고 있다. 버티다 못해 떨어진 병력들은 이런 식으로 사냥한 이후 다시 한번 겉을 긁어낸다.

소름 돋을 정도로 세심하고 변태 새끼 같은 전술. 이전에 함께했던 게임에서 보여줬던 바로 그 모습이었다.

'밀리고 있는 거야.'

이지혜가 고생깨나 하고 있다는 걸 실감하고 있는 게 당연했다. 일이 잘 풀리고 있었다면 현재 우리와 합류한 아군 병력이 떨어져 사냥당하는 일은 없었어야 했다. 정신없이 얻어맞고 있는 건 아닌 것 같았지만 그래도 고통받고 있다는 것에는 변함이 없다.

'상황이 좋지는 않아.'

박덕구는 발렌틴과 마주했고 김현성은 고립되어 위치도 파악할 수 없다. 김예리와 조혜진이 포함되어 있는 부대 역시 마찬가지.

심지어 본대에는 계속해서 대미지가 쌓이고 있다. 지금 당장은 괜찮아 보일지 모르겠지만 앞으로 몇 시간이 지났다고 가정했을 때, 전력 차는 눈에 띌 정도가 되리라.

어떻게든 현 상황을 반전시켜야 한다는 생각이 든 것은 당연지사. 아주 작은 구멍이라도 괜찮다. 구멍만 있다면 어떻게든 비집고 들어갈 수 있다.

'빛 폭탄 물약을 써야 되나.'

당연히 기각. 범위가 넓기는 하지만 한정되어 있다. 겨우 이 정도 병력에 쓰려고 가져온 물건이 아니다.

'아니면 어그로라도 끌어야 하나.'

나쁘지는 않다. 분탕질 치는 쥐새끼 한 마리 정도는 있어도 나쁘지 않을 것 같으니까.

생각을 정리하는 것은 순식간이었다. 적과 병장기를 부딪치고 있는 부대를 향해 명령을 전달하려 했을 때, 옆 공간을 비집고 들어온 적군의 얼굴이 시야에 비쳤다.

'암살자?'

어떻게 덩치들을 뚫고 접근했는지 이해가 안 된다. 물론 우선할 행동은 상황을 이해하는 것이 아니라 위기를 벗어나는 것.

몸을 뒤로 빼며 손을 들어 올렸지만 이쪽이 연금소환을 실행하는 것보다 적의 단검이 목에 닿는 것이 더 빠르다. 옆쪽에 있는 전사 역시 창을 뻗고는 있었지만 저딴 창에 맞아줄 놈이었다면 이곳까지 당도하지도 못했으리라.

'제기랄!'

나도 모르게 입술을 꽉 깨물었던 그때. 하늘에서 뚝 떨어져 내린 검이 놈의 정수리를 관통하고 있는 것이 시야에 비쳤다.

"율리…… 율리에나?"

서둘러 하늘을 올려다본 것은 당연지사. 눈에 보인 광경에는 환호성을 내지를 수밖에 없었다.

"그워어어어어어어어어어!!!"

얼굴 본 지 오래된 마누라가 도착한 것이다.

콰득! 콰지지지직!

적 병력을 개미처럼 밟아버리는 모습은 기가 찰 지경. 거대한 뿔을 가지고 있는 드래곤의 모습은 외관만으로 경외감을 느끼게 할 정도였다.

실제로 적 병력들의 반응도 그렇다. 믿을 수 없다는 듯 고개를 든 녀석이 있는가 하면 커다랗게 입을 벌리고 있는 녀석도 있었고 심지어는 눈을 비비고 있는 녀석도 있다.

용이 있다는 사실 정도는 사전 브리핑을 통해 전해 들었겠지만 이야기를 듣는 것과 실제로 목도하는 것에는 분명한 차이가 있다. 특히나 본래 이곳에 자리 잡았던 대륙인의 경우에는 더욱더 그렇다. 저런 모습을 보이는 것도 무리는 아니리라.

한참을 올려다봐야 할 정도로 거대한 크기. 본능적으로 공포심을 느끼게 하는 거대한 눈, 거대한 이빨과 발톱, 광택이 나는 흑백색의 외피는 어지간한 방어구보다 단단해 보인다.

아마 실제로도 그럴 것이다. 내구 수치는 일반 병사의 공격 정도는 가볍게 무시한다. 기본적인 마법 저항력 역시 상상 이상.

괜스레 콧대가 올라가는 기분이었다. 물론 쉽게 표적이 될 수 있다는 약점은 존재한다. 하지만 이런 종류의 전장에서 이

보다 듬직한 아군은 존재하지 않으리라.

"제……."

"공격! 공격! 마법 쏟아부어!"

"드래곤이다! 드래곤!"

"날개를 공략해! 날개! 브리핑대로 하면 충분히 잡을 수 있어!"

"전담부대 위치 확인! 드래곤 전담 부대 위치!"

벌써부터 주변이 소란스러워지고 있었지만 우리 자랑스러운 드래곤 장군님에게는 인간 동무를 비롯한 인민들의 외침이 들리지 않는 모양.

부피가 커다란 꼬리를 한 번 휘두르자 주변에 있는 적 병사들이 한꺼번에 하늘로 솟구쳤다.

땅을 긁고 올라간 꼬리가 방패를 든 병력을 쓸어버리는 모습은 말 그대로 장관.

콰드드드드득!

"어어어?"

"피해!"

콰아아아아아앙!

마치 마법이라도 떨어진 것 같은 모양새. 물론 겨우 이걸로 끝날 리가 없다.

숨을 크게 들이마신 이후에 적이 있는 쪽에 브레스를 쏘아

내자 커다란 빛줄기가 순식간에 뿜어져 나왔다. 자연스럽게 그녀의 몸은 한참이나 뒤로 밀려나기 시작.

거대한 방어 마법진이 브레스가 떨어진 곳을 감싸 안았지만 얼마 버티지 못하고 우직우직 소리를 내기 시작했다. 금이 간 보호 마법 사이로 쏟아진 브레스는 고스란히 적군에게 피해를 안겨주는 중이다.

독박 육아의 울분을 토해내듯 입에서 뿜어져 나간 브레스의 위력은 보기만 해도 오줌을 지릴 정도였다.

얼마나 피해를 주었는지 모르겠지만 속 시원한 장면이라고 하기에 충분했다.

'사랑해, 임자!'

나도 모르게 열렬한 응원을 보내게 된 것은 당연지사. 신나게 덩실덩실 봉산탈춤이라도 추고 싶었지만 그렇게 할 수 없다는 게 억울하게 느껴질 지경이다.

주변에 보는 눈들만 아니었더라면 이미 디아루기아의 다리에 달라붙어 열렬한 입맞춤을 보내고 있었으리라. 그만큼 디아루기아는 속 시원하게 주변 적군의 뚝배기를 깨부수고 있다.

그녀와는 조금 다른 방식이기는 하지만 율리에나 역시 마찬가지로 활약 중이다.

스스로 움직이는 에고소드는 좁고 밀집된 전장의 사이로 파고 들어가 일반 병사들의 목을 거침없이 꿰뚫었다.

물론 어느 정도 수준이 높은 이들에게는 통하지 않기는 했지만 율리에나를 감당할 수 없는 병사들 역시 넘쳐난다.

사방팔방 모기처럼 날아다니며 종횡무진하는 한 자루 검의 모습은 정말로 신기하게 느껴진다.

'이래서 에고소드! 에고소드! 하는 거 아니겠습니까!'

전형적으로 약자에게 강하고 강자한테 약한 종류의 인간. 내가 그런 인간이라는 걸 부정하지는 않지만, 내 전투 능력 역시 이런 성격을 따라가게 될 줄은 상상도 하지 못했다.

'양민 학살자!'

나 스스로 내리기에는 조금 기분 나쁜 별명. 하지만 이 단어보다 내 전투 능력을 잘 표현하는 말은 존재하지 않으리라. 입꼬리는 이미 찢어질 정도로 올라가 있다.

머릿속에 목소리가 울려온 것은 바로 그때였다.

-늦지 않게 온 겁니까?

-게드릭! 나의 게드릭!

-늦은 건 아닌지 묻지 않습니까, 당신!

-나의 게드릭! 그동안 어디에 있었던 건가요! 어째서 그동안…….

-정말로 오랜만입니다. 도대체 어디서 뭘 하고 있었길래……. 막스와 루리아가 어떻게 지내고 있는지 궁금하지도 않은 겁니까? 얼굴 보기도 참 힘들군요. 그래서 그 아픈 몸은 전부 다 회

복되신 게 맞습니까? 참으로 아프셨겠습니다. 네. 정말로요.

-게드릭, 게드릭!

-당신 제 말 듣고 있는 겁니까? 들리면 들린다고 뭐라도 대답을!

-게드리익!!

순간적으로 머리를 뒤흔드는 소음이 들려오기는 했지만 오히려 기분이 좋다. 듣기 싫은 잔소리와 게드릭을 울부짖는 목소리가 이토록 사랑스럽게 느껴진 것은 처음이다.

아마 서로가 서로의 울림을 듣지는 못하는 모양이다. 자신이 하고 싶은 말만 열심히 쏟아내고 있었으니까.

조금 머리가 울리기는 하지만 지금은 그 어떤 짜증이나 미친 짓도 들어줄 준비가 되어 있다.

일단은 디아루기아 먼저.

'아니요. 딱 맞게 도착해 주셨습니다, 디아루기아. 어떻게, 우리 똘똘이는 잘 지내고 있습니까?'

-잘 지내고 있다마다요. 당신이 아프다는 소식은 또 어디서 전해 들었는지 따라나서겠다는 걸 말리는 것 때문에 얼마나 고생했는지 모릅니다. 네. 정말로 고생했었습니다.

'걱정할 만한 상태는 아니라고 말씀하시면 좋았을 텐데.'

-그럼 아버지가 자신을 보러오지 않는 이유를 뭐라고 설명해야 합니까? 물론 당신도 당신 나름의 삶이 있고 일이 있다

는 건 이해하고 있지만…… 이런 쓸데없는 전쟁 때문에 가정을 등한시하는 일은 없도록 해주세요. 막스도 많이 섭섭해하고 있습니다. 이번 전쟁이 끝나면 반드시 루리아와 시간을 많이 보낼 수 있도록 해주세요.

'물론입니다. 당연히 그래야지요. 네.'

-인간들은 어째서 매번 이렇게 쓸데없는 일로 시간을 허비하는 건지…….

'알고 계시겠지만 저희가 일으킨 전쟁이 아닙니다. 저들이 시작했고 저들이 먼저 터뜨린 전쟁입니다. 제 입장에서는 소중한 삶의 터전을 지키기 위함이니 정상참작을 해주실 거라고 믿습니다, 디아루기아. 가만히 놔뒀다간 소중한 둥지가 있는 린델까지 병력을 밀고 들어올 텐데 그것만큼 최악의 상황이 어디 있겠습니까? 당신이 안에서 가정을 지키는 동안 저 역시 바깥에서 가정을 지키고 있다고 생각해 주시면 됩니다.'

-…….

'큼. 큼.'

-여전히 한마디도 지지 않는군요. 당신이라는 인간은……. 후우…….

'뭐 전부 사실인데 어떻게 하겠습니까.'

다시 한번 울분을 토해내는 얼굴에 왠지 모르게 짜증이 들어가 있는 것처럼 보인다. 하지만 딱히 반박할 수는 없는 모양인지 열심히 꼬리를 후려치는 거로 화를 삭이고 있다.

'그보다 지금…….'

-박덕구라는 인간은 걱정하지 않으셔도 됩니다. 오는 길에 그쪽으로도 도움을 줄 수 있는 사람을 내렸으니까요.

'네?'

-붉은 머리를 한 인간 말입니다. 차희라 그 사람.

'요, 욜로…….'

-욜로가 뭡니까?

대충 예상하고 있었지만 막상 차희라가 박덕구 쪽으로 갔다고 생각하자 커다란 짐을 내려놓는 기분이었다.

안 그래도 올라간 입꼬리가 더더욱 올라가기 시작했다. 러시아산 뚝배기가 완전히 산산조각이 날 거라는 걸 확신할 수 있었기 때문이다.

'아무것도 아닙니다. 일단은 이동할 준비를 해주세요. 이곳에 계속 있다가는 위험할 겁니다. 하늘에 올라가 지속적으로 견제해 주시는 것도 좋고요. 아니…… 그것보다는 함께 본대 쪽으로 가는 게 좋을 것 같습니다.'

-네.

오랜만에 만난 부부의 대화치고는 형식적이고 딱딱했지만 이 정도면 괜찮다는 생각이 든다.

애초에 계속해서 몸을 움직여야 하는 상황이라 제대로 대화에 집중할 수 있을 리 만무. 이 와중에도 계속해서 율리에나의 목소리가 들려오는 통에 제대로 대화에 집중할 수도 없었다.

심지어 지금 이 순간에도 게드릭, 게드릭 외치는 목소리가 머릿속을 때려대고 있는 중. 빠르게 대화 채널을 바꿔 입을 열 수밖에 없었다. 이미 비명을 지르고 있는 상황이었으니까.

-게드릭! 내 목소리가! 내 목소리가 들리지 않나요? 게드릭! 게드릭! 게드리리이기익! 게드리이이익!

한 번 숨을 가다듬고 마음속으로 입을 열었다. 아직까지 율리에나를 만날 준비가 되지는 않았지만 이미 대충 스토리는 머릿속에 저장되어 있다.

'아아. 나의 율리에나. 당신이 어째서 이곳에 있는 겁니까.'

-게드릭! 목소리가 닿았군요. 게드릭! 나의 모든 것. 나의 사랑. 나의 전부! 그동안 어디서 뭘 하고 있었던 겁니까. 게드릭! 나의 게드릭!

'그동안 그대를 만나지 못한 것은 바로 저들 때문이오. 이 더러운 악마의 무리들이 지난 시간 나를 감금하고 고문하고 겁박했소. 그동안 얼마나 그대가 보고 싶었는지 모르오. 나의 율리에나여!'

-아…….

'이 악마의 무리들은 대륙을 악마의 소굴로 만들려고 하고 있소.'

사실 저번에 마력을 쭉쭉 빨리던 기억 때문에 그녀를 기피했을 뿐이었지만 충분히 그럴듯하게 느껴진다.

완벽하지는 않지만 괜찮은 변명. 뭐, 조금 더 보충 설명이 필요하긴 했다. 사랑이라도 속삭이는 게 좋지 않을까 생각했지만 그녀의 상태를 보니 사전 설명 같은 건 필요하지 않을 것 같았다.

-이…… 더러운 놈들이. 이 더러운! 이 더러운 놈들이 감히!!

"……."

-찢…… 찢어 죽일 것이다. 네놈들을 찢어 죽일 것이야!

"이게 뭐야."

-쓰레기 같은 놈들. 감히, 감히!

율리에나 주변에 검은색 기운이 가득 차기 시작한 것. 뭔가 불길한 느낌이 든 것은 당연했다. 검은색 희미한 연기가 뭉치는 것은 물론 무언가 이상한 형태를 만들기 시작했다.

'이런 미친…….'

[통제를 벗어난 분노로 인해 전설 등급의 무구 '저주를 내리는 율리에나'가 강제로 각성합니다.]

"그러니까 그게 뭔 소리야……."

[율리에나의 봉인이 일시적으로 풀리며 실체화가 진행됩니다.-

지속시간 60분]

“뭐?”

-네놈들, 네놈들. 네놈들이! 가암히! 감히! 나와 게드릭을 방해하려 해? 네놈들이 감히이이이이!!

“…….”

‘이런 미친.’

입을 떡 벌리게 된 것은 당연했다.

시스템의 메시지에 혹시나 하며 율리에나를 살펴봤지만 정말로 실체화가 진행 중이다.

예전 저주받은 신단에서 봤던 그 모습 그대로. 산발이 된 머리카락과 아무것도 보이지 않은 눈. 괴기스럽게 생긴 검은색의 미친 여자 한 명이 그 자리에 검을 들고 서 있었다.

본인이 몸을 가지게 됐다는 것도 인지하지 못하는 것 같다. 닥치는 대로 검을 휘두르며 소리를 지르는 그녀의 모습은 어떻게 봐도 통제가 불가능해 보였다.

심지어 저주받은 신단에서 만났던 때보다도 강해 보인다. 대충 봐도 전설 등급 정도로 보이니 다른 말이 필요하지 않으리라.

-가아아암히! 감히! 나의 게드릭……. 나의 게드릭을 감금하고! 또, 또! 겁박하…… 겁탈해? 네놈들이? 네놈들이!?

겁탈당했다는 설정은 없었다.

-주제도 모르는 놈들이! 저주, 저주가 내리리라. 저주가! 내리리라!! 네놈들에게 전부 저주가 내릴 것이다!! 죽어서도 고통받을 것이다. 영원히! 영원히 뼛속까지 고통받게 하리라!

완전히 모습을 드러낸 그 괴기스러운 외모는 무언가 본능적인 공포를 불러일으켰다.

물론 나보다 더 당황한 것은 전투를 치르고 있는 병사들.

저주를 뿌리는 것은 물론 사방에서 검은색 촉수를 불러내 주변의 적들을 찢어 죽이고 있다.

계속해서 소리를 지르는 꼴은 심지어 악마에게 영혼을 판 광녀처럼 보일 지경.

'저건 모르는 척해야겠는데.'

그 말이 맞다. 필사적으로 모른 척해야겠다는 생각이 든 게 당연했다.

'미쳤다고 생각은 하고 있었지만…….'

전투가 진행될수록 내 생각보다도 율리에나가 정신이 나갔다는 걸 깨달을 수 있었다.

물론 그녀의 입장에서는 저렇게 화를 내는 것도 이해가 간다.

사랑해 마지않는 연인과 재회했던 것도 잠시. 정체를 알 수 없는 악마의 세력이 자신의 연인을 납치하고 감금한 상황이다. 두 사람이 이전에도 비극적인 결말을 맞이했다는 걸 생각해 보면 저렇게 화를 내는 것도 무리는 아니리라.

눈물 없이는 들을 수 없는 스토리에 괜스레 가슴이 먹먹해지기는 했지만 일단 자리에서 벗어나야 한다는 생각은 변함없다. 그녀가 보여주는 모습이 그만큼 괴기스러웠기 때문.

-저주가! 저주가 내리리라! 저주가! 네놈들의 주검을 이끌고 온갖 대륙을 돌아다닐 것이다. 죽어서도 고통받을 수 있게 가장 비참한 죽음과 마지막을 선사해 주리라! 이 쓰레기 같은 놈들! 이 더러운 놈들! 네놈들의 시체를 짓밟고 네놈들과 관련된 모든 이를 지옥의 불구덩이에서 영겁의 고통을 받게 하리라!

검은색 연기가 밀집해 있는 적 병력을 감싸는 것은 순식간이었다.

계속해서 정화 주문이 떨어져 내리고 있었지만 율리에나의 저주는 신성력으로 컨트롤하는 것이 불가능하다. 단기간에 효과를 보는 종류의 능력은 아니었지만 전쟁터에 가운데 선 병력에 영향을 주는 것은 충분.

“오지 마! 가까이 오지 마! 제기랄! 가까이 오지 마!”

“아아아아아아악!”

“막아! 오지 못하게 해! 어머니, 어머니!”

“사, 살려……. 도망쳐! 도망쳐! 다 죽을 거야! 우리는 다 죽을 거라고!”

이쪽이 기분 좋아질 대사를 외치고 있는 녀석부터 뜻밖의 효자가 된 녀석까지. 찢어진 입을 벌리며 검을 휘두르는 율리에나의 모습은 검사라기보다는 미치광이에 가깝다.

"오지 마!"

-받아 마땅한 고통이다! 꺄히하하하핫! 벌레 같은 인간들! 흉측한 인간 놈들! 네놈들이 받아 마땅한 고통이다! 죽어! 죽어! 죽어! 죽어어어어어!!

그녀에게서 사방팔방 뻗어 나오는 촉수들이 적군 병사의 갑옷을 너무나도 쉽게 뚫어냈다. 심지어 촉수에 찔린 이들은 쉽게 죽지도 않는다.

부들대며 온갖 소리를 지껄이고 있는 이들을 보니 이미 저주의 영향을 받고 있는 모양.

이미 죽은 병사의 시체를 몇 번이나 난도질하고 있는가 하면 검의 손잡이로 계속해서 머리를 후려치는 모습도 보인다.

전투가 진행될수록 저주의 영향을 받은 적 병사들이 혼란스러움에 소리를 질러댔다. 정상적인 인간이라면 공포를 느끼는 게 당연하리라. 심지어 나 역시 이 공간에 함께 있고 싶지 않다.

서둘러 발걸음을 옮기면서도 아군 병력도 질린다는 듯이 율리에나를 바라보고 있었기 때문에 괜스레 양심이 찔려와 한마디 내뱉을 수밖에 없었다.

"이거 위험하군요. 제, 제가 억눌러 왔던 봉인이 풀린 모양입니다."

"아……."

당연히 개소리지만 일단은 이렇게 우길 수밖에 없다. 누구한테 말을 했는지도 모른다. 하지만 열심히 고개를 끄덕이는 병사들을 보니 약간이지만 안심할 수 있었다.

'이래서 평소 이미지가 중요해.'

"그, 그렇군요. 명예추기경님, 그럼 저건……."

"일단 여러분은 길을 따라 본대와 합류하는 게 좋을 것 같습니다."

"명예추기경님은……."

"저는 먼저 가 있겠습니다."

"어떻게……. 아, 그렇군요. 알겠습니다."

잠깐 눈을 동그랗게 뜬 이후에는 고개를 끄덕이는 모습이 시야에 비쳤다. 디아루기아를 바라보자 절로 고개가 끄덕여지는 모양이다.

나 역시 곧바로 발걸음을 옮기기 시작했다. 주변 병사들은 혹여나 무슨 문제가 생기지는 않을까 전전긍긍하며 나를 보호하고 있었지만 현재 이곳은 확실하게 안전하다고 말할 수 있다. 율리에나가 온갖 시선을 다 끌어주고 있었기 때문.

고군분투해 주는 그녀와 함께 싸우고 싶은 마음은 굴뚝같았지만 그렇게 할 수 있을 리 만무했다. 절대로 율리에나와 같은 공간에 있기 싫어서가 아니다. 이쪽 나름대로 해야 하는 일이 있었으니 이건 불가항력에 가깝다.

'그래. 이건 불가항력이야.'

-게드릭! 게드리이이이익!

내가 멀어지고 있는 것을 눈치챘는지 뒤쪽에서 소름 끼치는 소리가 귀가 떨어질 것 같이 들려왔다. 유리창을 긁는 듯한 목소리는 오금이 저릴 정도.

서둘러 이쪽으로 오고 싶은 것 같지만 이미 그녀의 주위로 몰려오는 적에게 발목을 잡혔다. 바야흐로 율리에나 레이드가 시작된 것이다.

-게드릭! 감히! 네놈들이! 네놈들이! 나의 게드릭을! 당장 비키지 못해?! 벌레만도 못한 인간 놈들이!

"둘러싸!"

"저주에 영향받지 않게 주의한다. 전위들은 앞을 지켜!"

"검에 베이지 마라! 최대한 거리를 유지하며 원거리전으로 끌고 간다. 정화 마법 유지해!"

전쟁터 한가운데서 펼쳐진 이상한 싸움의 모습은 장관이라면 장관이라 말할 수 있는 장면.

-비켜! 비키라고!

"아아아아아악!"

"제기랄!"

-저주가 내리리라! 저주가! 나와 게드릭을 방해하는 모든 이는 저주를 받아 처참히 죽어갈 것이다!

"커헉!"

-아아! 게드릭! 걱정할 필요 없습니다! 나의 게드릭! 조금만 기다려 주세요! 당신의 작은 아기 새가 곧 당신을 찾아가겠습니다!

어떻게 봐도 아기 새라고는 생각할 수 없는 외관. 괜스레 식은땀이 흘렀지만 최선을 다해 고개를 돌려 버렸다.

조금이라도 저 정체불명의 생명체와 멀어지기 위해 최선을 다해 뛰자 이윽고 내가 올라타기 쉽게 고개를 숙이고 있는 디아루기아가 시야에 비친다.

-도움이 될 거라 생각했는데 가지고 온 게 실수였나 보군요.

"아뇨. 충분히 도움이 되고 있습니다. 단지…… 아니, 아무것도 아닙니다. 일단 위로 올라가겠습니다."

-당신을 태우고 싶지는 않지만…….

"……."

-알겠습니다. 네. 알겠어요.

황급히 발걸음을 옮긴 이후 뿔 부분을 꽉 손에 쥐자 그녀가 천천히 몸을 일으켰다.

지금까지 나와 함께했던 예비대가 점점 작게 보이기 시작. 모두 감동이라도 한 모양새다. 적절한 표현일지는 모르겠지만 동화 속 주인공을 바라보는 표정으로 나를 올려다보고 있었다. 작게 고개를 끄덕이자 기사의 예를 표현하는 것으로 마무리.

역사서에 나오는 영웅들의 출사표 같은 느낌을 받는 것도 무리가 아니다. 용과 함께한다는 것만으로도 이미 대중의 선망을 받기에 충분하다. 하물며 신의 선택을 받은 사자가 용을 타고 있다.

무언가 내가 전부 해결해 줄 거라고 믿는 맹목적인 시선이 부담스럽기는 했지만 저들의 입장에서는 동경의 시선을 보내는 것이 당연하리라.

이제는 익숙한 시선을 겸허히 받아들일 때도 됐다고 생각했다.

"부탁드립니다, 명예추기경님."

"감사합니다, 여러분."

짧게 인사를 나눈 뒤, 화살과 마법이 솟구치는 전장의 한가운데에서 디아루기아가 완전히 몸을 일으켰다.

조금 멋있는 척을 한 이후에야 그녀의 뿔을 두드리며 입을 열 수 있었다. 이미지 관리는 중요하니까.

"갑시다, 디아루기아."

-하늘은 익숙하지 않습니다.

"지상에 있는 것보다는 나을 겁니다. 당신을 상대하기 위한 전담 부대가 이곳으로 향하고 있을 테니까요. 굳이 이점을 살리지 않을 이유가 없죠. 아, 그리고 날기 전에 날갯짓 한번 해주시고 커다랗게 하울링도 부탁합니다. 모두 이쪽을 쳐다볼 수 있게."

-저는 구경거리가 아닙니다만. 당신은 이런 상황에서도…….

“광대 흉내를 내라는 게 아닙니다. 쇼를 보여주고 싶은 생각도 없고요. 이게 다 사기를 높이기 위한 작업입니다. 당신도 당신의 존재가 얼마나 상징적인지 신성한 민주혁명 때 목도하지 않았습니까? 당신의 아름다운 모습을 저들한테 뽐낸다고 생각하시고 멋지게 포즈 한번 잡아주세요.”

-그다지 내키지 않습니다만.

“이 싸움은 역사 속에 기록될 겁니다. 아마 당신과 제 모습 역시 사람들이 나누는 이야기 속에 나올 겁니다. 용의 선택을 받은 인간 같은 거로 말입니다. 우리 디아루리아가 배울 역사책에 등장하는 겁니다. 악마의 군대에 대항하는 빛의 연금술사와 그의 와이프! 당신도 대륙에 얼마 남지 않은 용으로서 균형을 지켜야 하지 않습니까?”

-정말로 저들이 악마의 군대가 맞기는 합니까?

“암요. 그렇고말고요. 만약 악마의 군대가 아니라고 한들 뭐, 어떻습니까. 어차피 역사는 승자의 편인데. 아, 그렇다고 해서 저들이 어둠의 군대라는 걸 부정하는 건 아닙니다. 라이오스에 악마 군주를 소환한 건 틀림없이 적들의 수장이 맞습니다. 악마 소환사 진청. 그자가 이 일을 일으킨 장본인입니다.”

-…….

“정말이라니까요. 자, 빨리 똘똘이에게 존경받는 부모가 되어 봅시다. 우리 디아루리아 역시 인간들의 존경을 받을 겁니다. 틀림없이요."

-…….

대답은 들리지 않았지만 그녀가 어떤 선택을 할지에 대해서는 이미 알고 있다.

고개를 들어 올린 채 커다란 소리를 내지르는 모습은 누가 봐도 엄지를 치켜세울 정도다.

아군과 적군 가릴 것 없이 디아루기아와 나를 바라보고 있는 것이 시야에 비쳤다.

점프하듯 하늘로 뜬 이후에는 여러 마법이 그녀를 목표로 올라오기 시작했다.

물론 저런 멍청한 공격에 맞아줄 정도로 디아루기아는 느리지 않다. 위협이 되는 공격이 있기야 하지만 하늘에서 요리조리 공격을 피하는 모습은 마치 잘 만들어진 공중 전투 신을 보는 것처럼 느껴졌다. 물론 나는 그녀의 위에 있으니 4DX를 경험하고 있다고 봐도 무방하리라.

얼굴로 쏟아지는 바람 때문에 제대로 숨을 쉬기도 힘들 지경. 입을 열기 쉽지 않아 속으로 말을 걸자 다시 한번 그녀의 목소리가 들려왔다.

'푸른 것은 피하셔야 합니다. 아마 당신을 위해 만들어진 마법일 겁니다. 속박 마법에 한 종류처럼 보이는데 걸리면 그대로 추락할 겁니다.'

-잘은 모르겠지만 마력의 밀집도를 생각해 보면 그럴 만도 하겠군요.

'기본적인 홀드 마법은…….'

-아마 저항할 수 있을 겁니다. 그보다 떨어지지 않게 꽉 붙잡고 계시는 게 좋을 겁니다.

푸른색의 커다란 마력 밧줄이 사방팔방에서 디아루기아를 향해 날아들었다.

가지고 있는 용 숨결 물약을 꺼내 던지자 커다란 소리와 함께 푸른색의 마력 밧줄이 터져 나간다.

하지만 계속해서 그녀를 향해 뻗어오는 공격은 쉽게 피하기 힘들어 보였다.

디아루기아 역시 나와 같은 생각인 듯. 수준 높은 마법사가 쏘아 보낸 마법은 위험하다는 생각이 든 모양인지 피할 수 없는 것들은 상쇄시키고 있었다.

단순히 요리조리 피하고 있을 뿐이었지만 이런 행동은 적 지휘부의 신경을 긁기에 최적의 행동이리라.

직접적인 피해라고는 볼 수 없지만, 적군에게 피해가 누적되고 있다는 건 부정할 수 없는 사실이다.

디아루기아를 위한 전담 부대와 전담 마법이 만들어진 것도 무리는 아니라는 거다.

'우리 현성이는 어디 있나.'

계속해서 찾고 있기는 했지만 눈에 잘 들어오지 않는다. 물론 쉽게 찾을 수 없는 게 당연하다. 엄청난 속도로 떨어지고 있는 마법을 피하고 있는 디아루기아의 등 위였으니까.

소강상태에 접어들 때마다 최대한 살피고 있지만 워낙 범위가 넓다 보니 전부 다 체크하기가 쉽지 않다.

한 가지 안심할 수 있었던 것은 마지막에 목표물로 설정했던 마법사 부대가 근처에 보이지 않았다는 것. 아무래도 이쪽의 걱정은 기우에 불과했던 모양이다.

'무사하겠지.'

이곳을 보고 있다면 틀림없이 본대로 몸을 움직이고 있으리라. 현재 아군 전력에 여유가 생기고 있었으니 충분히 몸을 뺄 수 있을지도 모른다.

위쪽에서 거대한 마력의 유동이 느껴진 것은 바로 그때. 아니, 정확히 말하자면 마력의 유동이 아니라 거대한 압력이었다.

'뭐야, 저게.'

어처구니없게도 하늘 위에서 떨어지고 있는 것은 운석.

"미친……."

똘똘 뭉쳐 있는 본대를 향해 커다란 운석 하나가 떨어지고 있는 것이 시야에 비쳤다.

"어썸하네. 진짜. 진청, 이 쓰레기 같은 새끼……."

115장
기쁘다. 빛기영 강림하셨네

교묘하게 잘 짜인 덫.

캐슬락으로 얼마나 해 처먹으려고 하는지는 알 수 없지만 쌍욕이 튀어나올 수밖에 없었다. 물론 적군 입장에서도 이걸 최적의 상황이라고 보기에는 힘들다.

저쪽에서도 충분히 마음이 급했던 것이 분명. 최대한 병력을 밀어 넣은 뒤 준비한 마법을 떨어뜨리고 싶었겠지만 갑작스레 등장한 변수들로 인해 작전이 꼬인 것이 분명했다.

만약 내가 진청이었다면 아군 마법사의 체력을 조금 더 깎아 놓은 이후에 저 마법을 발동시켰으리라.

물론 현재 타이밍이 결코 아쉬운 시기라고 말할 수는 없다. 본대는 여전히 적 병력에게 감싸인 형국이었고 저 마법이 아군에게 막대한 피해를 입힐 거라는 건 부정할 수 없는 사실이었으니까.

정말로 떨어진다면 그 시점에서 전쟁은 끝이다. 이 당연한 사실을 알고 있는 것은 나뿐만이 아니니다. 밑에서도 소란스러운 목소리가 들려오는 것은 당연하다.

심지어 시간이 얼마 지나지 않아 커다란 마력이 요동치는 것이 느껴졌다. 적군 마법에 대응할 수 있는 방어 마법진을 구성하는 것이 확실하리라. 하지만 급조된 방어 마법이 저 운석을 막을 수 있을지는 미지수다.

어째서 적이 계속해서 캐슬락에 틀어박혀 있었는지 깨달을 수 있었다.

'준비하고 있었던 건가.'

정확하지는 않다.

하지만 확률은 높다. 단순히 캐슬락을 미끼로 삼은 거로 끝난 것이 아니다.

저런 종류의 마법을 펼치기 위해서 시간과 인력이 필요하다는 걸 생각해 보면 전쟁이 시작된 시점, 아니, 어쩌면 내가 메시지를 보낸 이후부터 준비하고 있었을 수도 있다고 생각했다. 아마 지휘부 쪽에 저 마법을 실현하고 유지하는 장치가 있는 것이 틀림없으리라.

아군에게는 피해가 가지 않도록 범위도 제한하는 것은 물론 정확한 좌표, 심지어 혹시 모를 오류들을 계산해야 한다고 가정했을 때 라이오스에서 떨어졌던 마법보다 체계적이다.

공화국에서도 유능한 마법사들이 많은 것은 알고 있지만 아마 이 마법에 도움을 준 것은…….

'마도 왕국.'

안 봐도 비디오다.

어쩌면 이건 메시지이자 복수일 수도 있다고 생각했다. 라이오스에서 일어났던 일을 그대로 돌려주겠다는 진청 쓰레기의 의지가 달린 집념의 한 방이라 해석해도 무리가 없으리라.

마음의 눈으로 상공을 올려다보았다.

[준신화 등급의 마법]

[메테오]

현현한 마법의 등급은 무려 준신화 등급.

'막을 수 있나?'

빛 폭탄 물약이 있기는 하지만 아무리 봐도 한 번으로 막을 수 있을 것 같지는 않다. 최대한 마력을 벗겨낸 이후 터뜨려야지 그나마 비벼볼 수 있으리라.

물론 그렇다고 성공할 거라는 보장은 없지만…….

-저건…….

"일단 최대한 가까이."

그래도 시도할 수밖에 없다. 저런 게 떨어지면 내가 이뤄놨던 모든 것을, 앞으로 얻을 모든 것을 잃게 되니까.

디아루기아가 잠깐 머뭇거린 사이 거대한 방어 마법진이 아군 병력의 위에 드리우기 시작.

이윽고.

콰아아아아아아아아아앙!

거대한 충돌음이 귀를 때리기 시작했다.

본대에서 구성한 방어 마법이 운석을 막아내고 있는 것이다. 잠깐 동안 기대하기는 했지만 녀석을 주춤하게 만든 것이 전부.

하늘에 있는 구름과 공기를 몰아내며 계속해서 떨어지고 있는 모습은 어딘가가 부자연스럽다고 말할 수밖에 없다.

시간이 얼마 지나지 않아 우직거리는 소리와 함께 거대한 보호막이 완전히 박살 나버린 상황.

"브레스! 브레스!"

-효과가 있을지는 모르겠지만.

"그래도 일단 하는 게 좋을 겁니다."

뭐라도 전부 때려 박아야 한다는 생각이 든 것은 당연했다.

내 목소리에 숨을 크게 들이마신 디아루기아의 입에서 다시금 거대한 빛이 쏟아지는 게 보인다.

그녀를 잡고 있던 내 몸이 뒤로 밀려날 정도, 하늘에서 운석을 향해 브레스를 쏟아내는 용의 모습은 신화 속에서 나올 만한 장면이기는 하지만 그게 현실로 일어나니 그다지 반갑지는 않았다.

"제기랄. 아직 부족한데……."

-피하는 게 좋을 것 같습니다. 더 가까이 갔다가는 분명 휩쓸립니다.

"아뇨. 위로 올라갑니다. 막을 수 있어요."

-진심으로 하는 말입니까?

"확실하지는 않지만 수단은 가지고 있습니다."

-…….

"그냥 올라가요. 좀! 믿음이 없네, 믿음이."

-그다지 신뢰가 가는 사람은 아니니까요. 믿음이야 원래부터 없었습니다. 앞으로도 없을 것 같고요.

말과는 다르게 계속해서 운석에 접근하는 디아루기아. 그 사이 다시 한번 아군의 방어 마법이 캐스팅되고 다시 한번 운석이 반투명한 막에 부딪혔다.

약간의 기대를 해보기는 했지만 두 번째는 첫 번째보다 더욱 간단히 부서져 내린다. 물론 마법 자체에 내장된 마력을 계속해서 깎아내리는 것으로 무의미한 일은 아니지만, 어떻게 생각해도 막아내기엔 역부족이다.

순간적으로 오른팔을 바라보자 시야에 비친 것은 김현성이 선물해 준 작은 방패.

[완전하지 않은 아이기스의 방패-전설 등급]

[하늘의 신이 전쟁의 여신에게 내린 방패였습니다. 완전한 형태를 지니고 있었던 예전과는 달리 이 방패는 몇 개의 조각으로 분리되었습니다. 방패에 담겨 있었던 마력 덕분인지 부분부분 뜯겨 나갔음에도 불구하고 방패는 그 힘을 잃지 않았습니다. 기본적인 항마력이 대폭 상승합니다. 많은 마력을 사용하여 짧은 시간 동안 아이기스의 방패 일부를 소환할 수 있습니다. 소환된 아이기스의 방패는 치명적인 공격을 조건 없이 막아줍니다.]

'이걸로도 통하는 건가?'

치명적인 공격을 무조건적으로 막아준다는 설명은 있지만 이건 전설 등급 이하의 것에만 반응할 확률이 크다.

애초에 준신화부터는 규격 외. 박물관 때를 생각해 보면 이 자그만 방패가 저렇게 커다란 마법을 막을 수 있을까 싶다.

'그래도 시도는 해봐야지.'

"브레스. 다시 한번."

-이번이 마지막입니다.

"상관없습니다. 일단 저것부터 막습니다. 기왕 마지막으로

쏘시는 김에 있는 마력 없는 마력 탈탈 털어 넣어요."

-말하지 않아도 그렇게 할 겁니다.

다시 한번 토해내는 용의 숨결. 그사이 다시 한번 방어 마법진이 생성된다.

정확히 밑에서 어떤 소리가 튀어나오고 있는지는 알 수 없지만 아마 아군 마법사들은 비명을 내지르고 있으리라. 어쩌면 라이오스 때의 정하얀처럼 피라도 토하고 있을지도 모른다.

저런 마법을 현현시킨 적군도 마찬가지겠지만 이 이후가 어찌 되든 양쪽 마법사는 당분간 마법을 사용할 수 없는 상태가 되리라.

'아마 지금도 한계일 거야.'

전장을 둘러볼 여유는 없지만 보지 않아도 뻔하게 느껴질 정도였다.

-정말로 괜찮은 겁니까? 정말로? 무슨 수가 있는 겁니까?

"아이기스!"

불안해하는 디아루기아를 뒤로 하고 세 번째 보호막이 박살 난 직후 곧바로 소리쳤다.

작은 방패에서 빛이 뿜어져 나오자 눈앞에 거대한 방패 하나가 생성되기 시작. 이펙트 하나는 화려해 보이지만 얼마나 버텨줄지는 알 수 없다.

디아루기아의 머리 위에서 계속해서 방패를 유지하고 있었지만 역시 시간이 얼마 지나지 않아 방패가 우직거리며 부서진다.

"아이기스! 아이기스! 아이기스!"

'치명적인 공격을 무조건적으로 막아주기는 개뿔!'

만약 돈 주고 구매했다면 무조건 환불했으리라.

마력은 이미 무식할 정도로 많이 집어삼킨 상태.

-더 이상은…….

"알겠으니까 빼! 빼! 빼요! 지금 빨리!"

콰지지직! 콰드드드득!

거대한 방패가 부서지자 몸이 탈 것 같은 열기가 느껴진다. 눈앞에서 바로 거대한 운석이 떨어지는 걸 목도한 것은 아마 전 인류를 통틀어 나밖에 없으리라. 이대로 뒈지는 것은 아닌지 걱정이 드는 것은 당연지사.

그사이 다시 한번 네 번째 보호막이 하늘 위를 감싼다. 순간적으로 녀석이 멈칫하기는 했지만 그래도 점점 땅을 향해 가까워지고 있다.

'조금 더 깎는 게 좋을까?'

내재된 마력을 조금 더 줄이는 게 좋지 않을까 하는 생각을 하기도 했지만 그렇게 할 수 있을 리 만무. 일단은 품 안에 있는 물약 두 개를 꺼내든 이후 하늘 위로 집어 던질 수밖에 없었다.

“이 지긋지긋한 새끼! 빛의 힘이나 맛봐라! 개자식아!”

이걸로 막아지면 좋겠지만 그렇게 될지는 미지수다. 하지만.

화아아아아아악!

하는 소리와 함께 커다란 빛이 주변을 밝히는 것이 시야에 들어왔다.

마치 눈이 멀 것 같은 빛. 거대한 빛은 계속해서 떨어지고 있는 운석을 좀 먹기 시작했다.

‘그래. 그거다! 슈바! 그거야! 힘내라! 슈바! 힘내! 이 새끼야!’

화아아아아아아아악!

운석의 일부가 빛무리에 완벽히 휩싸인 광경은 내가 가지고 있는 물약이 효과가 있다는 걸 말해주는 듯했다.

닿은 곳부터 순차적으로 거대한 굉음을 내며 빛이 되고 있다.

일어나 덩실덩실 춤이라도 추고 싶었지만 몸을 제대로 움직이기도 쉽지 않다.

그래도 작전이 맞아 떨어졌다는 것에 대해서는 환호성을 지를 수밖에 없었다.

떨어지고 있는 녀석이 뭔가 심상치 않은 반응을 보인 것은 바로 그때.

“어?”

운석이 반으로 쪼개진 것이 시야에 비쳤다.

콰아아아아아아아아아앙!

한쪽은 완전히 빛무리에 휩쓸리고 있지만 나머지 한쪽은 그렇지 않다. 떨어져 나간 반쪽이 그대로 아군 병력을 향해 떨어지는 모습은 가관.

"디아루기아! 브레스! 브레스! 브레스!! 브레스!!"

-무, 무리……. 그보다 중심을! 떨어집니다! 떨어져요!

"제길! 제길!!"

순간적으로 얼굴을 구겼을 때 떨어지던 반쪽이 다시 한번 깔끔히 잘려 나가는 것이 시야에 비쳤다.

어떤 놈일지는 뻔할 뻔 자. 굳이 보지 않아도 알 수 있다. 저런 걸 잘라낼 수 있는 사람이 따로 있을 리가 없다.

'현성아! 시발! 믿고 있었다!'

물론 지금 저걸 볼 수 있는 상황이 아니다. 빛 폭탄 물약이 운석을 완전히 집어삼킨 이후 폭발의 충격에 디아루기아가 땅으로 고꾸라지고 있었기 때문. 최대한 뿔을 꽉 붙들기는 했지만 당장에라도 튕겨 나갈 것 같다.

"제길!!"

-꽉 붙잡…….

콰아아아앙!!

"콜록! 콜록! 콜록! 디아루기아! 디아루기아, 괜찮습니까?"

-버틸…… 만합니다. 당신은…….

"저도 괜찮습니다."

'운석은 어떻게 됐지?'

묘하게 주변이 조용하다.

그보다는 전장 전체가 조용해졌다. 믿을 수 없다는 듯이 나와 바닥에 고꾸라져 있는 디아루기아를 바라보는 병력들이 시야에 비쳤다. 아마 이 침묵은 믿을 수 없는 장면을 본 충격일 것이다.

그럴 수밖에 없다. 내가 생각해도 방금 그걸 막아냈다는 게 믿기지 않는다. 라이오스 때는 반쯤 주작이었지만 그 비슷한 것을 막는 것에 성공했다.

그 와중에 하늘에서 떨어지고 있는 빛의 가루들은 병력 전체를 감싸고 있는 중. 내가 독실한 신자였다면 그 자리에서 무릎을 꿇고 할렐루야를 외칠 만한 광경이라 할 수 있으리라.

"베니고어의 재림……. 베니고어의 재림이다……."

"베니고어 여신님의 재림이다!"

'이거 분위기 좋은데.'

이런 효과까지 염두에 둔 것은 아니었지만 내 생각보다 반응이 좋다.

'효과가 좋을 만하네.'

하늘에서 떨어지고 있는 운석의 가루들이 완벽하게 빛의 장막을 만들어내고 있다. 마치 빛의 커튼이라고 해도 무리가 없을 정도.

그 가운데 용을 탄 사내의 모습이라니. 내가 생각해도 완벽하다. 과도한 마력을 사용한 덕분에 다리가 후들거리기는 했지만 본능적으로 한마디 꺼내야 한다고 생각했다.

음성 증폭 마법을 걸고 입을 뗐다.

-싸움을! 멈춰주십시오! 친애하는 공화국 여러분!

뭔가 아드레날린이 분비되는 느낌.

-무기를 버려주십시오!

역시 난 전장에 설 때보다 입을 털 때가 즐겁다. 입을 털기에 적절한 타이밍이기는 했다. 한차례 위기가 지나가기는 했지만 아군이 열세라는 사실에는 변함이 없었으니까.

마법사들의 마력은 물론 디아루기아도 여유가 없는 상황. 준신화 등급의 마법에 둘러져 있는 마력을 깎아내기 위해 한계까지 브레스를 뿜아댔으니 지치는 것이 당연하리라.

아마 김현성도 상태가 그리 좋지는 않을 것이다. 아무리 녀석이 슈퍼맨이라고 한들, 전장에서 체력을 소비한 것으로도 모자라 그 커다란 마법을 받아냈으니 아무렇지 않을 리 없다.

정상이라면 이 이상 힘을 내는 건 불가능에 가깝다. 만약 그렇다고 해도 본인에게 안 좋은 영향이 있으리라는 것은 부정할 수 없는 사실이다.

'남은 빛 폭탄도 한 병이고…….'

아군은 여전히 적에게 둘러싸여 있다. 적의 마법사들도 한계를 맞이했다고 볼 수 있기에 완전히 불리하다고 볼 수는 없지만, 그래도 상황이 좋지 않다는 데에는 변함이 없다.

이 방법이 먹힐지 먹히지 않을지는 미지수지만 일단 열심히 입을 털어보는 것도 나쁘지 않으리라. 간만에 전장이 소강상태로 접어든 타이밍이었으니까.

'심지어 그림도 좋고.'

빛무리가 내리는 가운데 있는 신의 사자. 피아를 가리지 않고 하늘에서 떨어지고 있는 광경을 바라보고 있다.

다시 한번 천천히 뻗어 나간 목소리. 일시적이지만 나를 바라보고 있는 이들의 얼굴이 시야에 비쳤다.

-다시 한번 말씀드립니다! 여러분! 싸움을! 멈춰주십시오! 친애하는 공화국 여러분! 무기를 버려주십시오!

"베니고어의 재림이다."

"베니고어 여신의 재림이다."

"명예추기경님……."

“명예추기경님! 위험합니다!”

아군 갤러리들의 걱정스러운 목소리. 하지만 이보다 중요한 것은 공화국 측의 반응이다. 재빨리 눈치를 살핀 것은 당연지사.

무슨 개소리를 하냐는 듯한 반응을 보인 이들도 있지만, 머뭇거리는 이들 역시 존재한다. 하지만 전자의 경우가 더욱 많은 느낌.

사전에 교육을 받은 이들이니 내 말을 듣지 않으려고 하는 것 역시 이해는 간다. 그럼에도 일단 소강상태로 접어들었기에 내 목소리는 분명히 전달될 것이다.

-무기를 버려주십시오. 더 이상의 싸움은 서로에게 무익합니다. 더 이상의 전쟁은 서로에게 상처를 입힐 것입니다. 이 싸움은 여러분을 위한 것이 아닙니다. 이 싸움은 여러분의 이익과 가족을 위해 일어난 것이 아닙니다. 무엇을 위해 검을 들고 있습니까. 여러분은 무엇을 위해 그 자리에 서 있는 겁니까.

“……”

-여러분은! 나라를 지키기 위해 이곳에 있는 것이 아닙니다. 광기로 얼룩진 이 싸움은 공화국을 위해 일어난 일이 아닙니다. 교국은 결코 공화국을 침범한 일이 없으며, 이 사실은 그 누

구보다 공화국의 지도자들이 더 잘 알고 있습니다. 베니고어와 엘룬의 선택을 받은 사자로서 지금 제가 하는 말에 거짓이 있다면 두 신이 저를 벌할 것입니다. 제가 거짓을 고하고 있다면 베니고어 여신께서 저를 용서치 않을 것입니다. 결코 교국은 먼저 공화국을 침범하지 않았습니다. 여러분이 알고 계신 내용은 결코 진실이 아닙니다. 눈을 뜨십시오. 눈을 뜨십시오! 눈을 떠 여러분이 진정으로 봐야 할 것을 바라봐 주십시오!

대응은 없다.

-우리가 진정으로 힘을 모아 싸워야 할 이들은 보이지 않는 곳에서 이 상황을 바라보며 웃음 짓고 있습니다. 현 상황을 초래한 악마 소환사 진청은 공화국이라는 방패에 숨어 여러분을 전쟁터로 내몰고 있습니다. 그는 자신의 안위와 대륙의 혼란을 위해 공화국과 교국의 싸움을 조장하고 선동하고 있습니다. 이렇게 서로 검을 맞대고 있는 것이야말로 대륙에 뿌리내린 악의 세력이 바라는 일입니다. 우리의 적은 서로가 아니라 앞으로 이 대륙에 다가올 위협입니다. 언젠가 닥쳐올 그 위협을 위해 우리 모두가 힘을 합쳐야 합니다.

"……."

-모든 인류가 힘을 하나로 모으지 않는다면 앞으로 다가올 위협에 대응하는 것은 불가능합니다. 무기를 버려주십시오, 여러분. 더 이상의 싸움은 필요하지 않습니다. 누군가의 음모와 선동으로 일어난 이 전쟁에서 우리가 얻을 수 있는 것은 없습니다!

어째서 아무런 대응이 없는지에 대해서는 알 수 있을 것 같다. 이쪽의 말에 대응하는 순간 말리고 말 것이라고 생각할지도 모른다. 그러나 결코 그 이유 때문만은 아닐 것이다.

물론 공화국 측 병사들이 내 말에 흔들리지 않기 때문에 그런 것도 아니다. 실제로 신성력을 사용하는 사제들은 조금 더 말을 들어봐야겠다고 느끼고 있는 것 같지만, 그런 것 따위 상관없을 것이다.

방금까지 서로에게 검을 휘둘렀던 상황. 갑작스레 이런저런 말을 한다 해서 불씨가 꺼질 리가 만무하다.

만약 여신의 거울이 있었다면 확실한 선동이 가능했겠지만 팩트 없이 말로만 떠드는 것은 확실히 설득력이 없다. 계속해서 이 상태라면 아주 작은 신호탄으로 이 전쟁에 기름이 뿌려질 것이 분명.

악마 소환사 쪽은 굳이 내 말에 대응할 필요도, 가치도 느끼지 못하고 있음이 분명하리라. 하지만 계속 입을 열 수밖에 없다.

-국가와 그 가치보다 더 중요한 것을 위해 우리는 검을 내리고 손을 맞잡아야 합니다. 교국은 공화국의 우방으로서 결코 여러분에게 먼저 검을 들이밀지 않을 것입니다. 갈등의 역사는 이 전쟁 이후로 사라질 겁니다. 그렇게 노력할 것입니다. 검을 버려주십시오. 오늘 이곳에서 일어난 일이 첫걸음입니다. 지속된 전쟁의 역사에 종지부를 찍을 수 있는 큰 발걸음입니다. 싸움을 멈추십시오. 싸움을 멈춰주십시오!

문제는 그 기름이 무엇이냐는 것.

-우리는 더 큰 가치를 향해 손을 잡고 함께 나아갈 수 있습니다. 무기를 버려주십시오!

계속해서 입을 열고 있었던 바로 그때.

이쪽을 향해 날아오는 화살 한 발.

'이 새끼.'

황급히 마력을 끌어올렸다. 어디에서 날아왔는지 알 수 없지만 제법 힘이 실려 있다. 손가락을 튕겨 급하게 벽을 세우기는 했지만 쾅 하는 소리와 함께 몸이 뒤로 밀려난다.

한심하게 땅바닥을 구르지는 않았지만 아마 새로운 신호탄이 되기에는 충분할 것이다.

때마침 다시 한번 적 진영에서 폭음이 들려오기 시작. 주작인지 아닌지는 알 수 없지만 적측에서 들려온 폭음을 시작으로 다시 한번 흥분한 목소리들이 들려오기 시작했다.

"제기랄!"

"멈추지 마! 함정이다!"

"명예추기경님! 이 더러운 자식들이!"

"마법사들은 뭘 하고 있어!"

"무기 들어! 무기! 전투 준비한다! 각 부대는 모두 전투 준비!"

"밀리지 마! 버텨! 버텨!"

"명예추기경님을 보호해! 남은 마력으로 보호 마법을 빨리!"

말은 길었지만 다시금 광기가 내려앉는 것은 순식간. 밀집된 병사들 사이로 계속해서 밀고 들어오는 적과 어떻게든 밀리지 않기 위해 버티는 아군.

'이거 안 좋은데…….'

확실히 좋지 않은 상황. 이대로 전투가 지속된다면 어느 쪽이 이기더라도 큰 피해가 생겨날 것이다. 물론 아군이 불리하다는 것은 부정할 수 없는 사실이다.

이대로 이긴다고 하더라도 서로에게 상처밖에 남지 않은 승리다. 주변국만 환호할 상황이 될 터. 물론 내가 원하는 바는 그런 상처뿐인 영광이 아니다.

"아아아아아아악!"

"더러운 악마의 하수인들이!"

"개자식들! 가만히 놔두지 마! 화살 퍼부어! 화살!"

-싸움을 멈춰주십시오! 더 이상의 싸움은 불필요합니다. 친애하는 공화국 여러분! 여러분은 속고 있습니다. 이 이상 악의 세력이 원하는 상황을 만들어서는 안 됩니다! 힘들 거라는 건 알지만 싸움을 멈춰주십시오! 증오와 분노를 버리고 광기를 떨쳐내야 합니다. 함께 손을 잡고 나아가야 합니다!

"죽여!!! 제기랄!!"

-싸움을 멈추세요! 여러분! 이 이상 무의미한 피를 흘려야 할 이유가 없습니다!

"밀리지 마!"

-싸움을 멈춰주십시오! 여러분! 싸움을!! 멈춰주세요!!

"이 더러운 공화국의 개들아!"

"교국의 꼭두각시들! 가만히 놔두지 마!"

목이 터지라 외쳐보지만 이미 한번 광기가 휩쓸고 간 전쟁터에 내 목소리가 들릴 리 만무하다.

의도적으로 끼어 있는 프락치들은 오히려 더욱더 커다랗게 목소리를 높이며 전장에 혼선을 가져다주고 있었다. 억지로 분위기를 끌어올리려는 이들이 곳곳에 숨어 있었지만 그런 이들을 다 잡아낼 수 있을 리가 없다.

'똑똑하네. 시발.'

아마 내가 녀석들이었어도 비슷한 선택을 했을 것이 분명. 유리한 상황에 서 있는 만큼 대화 채널을 완전히 차단하는 게 더 바람직하다고 느꼈으리라.

아쉽기는 한데. 조금만 더 전장의 분위기가 가라앉았었다면 전투를 피할 수 있었을 것이다. 하지만 현재의 상황을 수습한다는 것 자체가 무리수.

'제기랄. 이거 잘 안 풀리겠는데…….'

불안한 생각이 드는 것도 무리가 아니다. 아마 더러운 악마소환사 측에서도 비슷한 생각을 하고 있으리라.

'끝났다' 혹은 '이대로만 가면 돼', '드디어 결정타야' 등등 숨겨왔던 비장의 수가 무위로 돌아가기는 했지만 충분히 이득을 봤다고 생각하고 있으리라.

'그럴 줄 알 거야. 분명.'

조금 이르지만 벌써부터 승리의 축배를 들고 있을 가능성도 존재한다고 생각했다.

내가 준비한 선물 하나를 받기 전이었다면, 충분히 그렇게 행동할 만하다.

-싸움을 멈추십시오!!

잠시 머리가 아프기는 했지만 멀리서 보이는 이지혜의 신호에 웃음을 참기 힘들었다.

내 예상보다 빠르기는 했지만 충분히 기분 좋은 상황. 박장대소라도 하고 싶다. 하지만 그렇게 할 수 없는 게 천추의 한처럼 느껴졌다는 것은 굳이 말할 필요가 없으리라.

지금 저 밖에서 일어나는 일은 내가 모르고 있어야 했으니까. 나는 전혀 모르고, 가면 쓰레기 진청이 알고 있어야 하는 일이다.

몇몇 이는 벌써부터 얼굴이 파랗게 질리기 시작. 아마 사랑스러운 회귀자 역시 입술을 깨물고 있으리라.

"더러운 새끼들!"

"이 악마 같은 공화국 새끼들아! 네놈들이 어찌 인간의 탈을 쓰고 이런 짓을 할 수 있단……."

“이 더러운 자식들! 개자식들!”

“악마 소환사…….”

“무슨 개소…….”

-제길! 전투 준비! 전투 준비!!

갑작스럽게 변한 나의 태세전환에 적들도 어안이 벙벙해지는 것이 당연했다. 하지만 뒤를 돌아본다면 내가 어째서 이런 말을 하는지 눈치챌 수 있을 것이다.

저 멀리서 보이는 것은 정체를 알 수 없는 병력. 안개의 숲에서 특별히 모셔온 지원군.

물론 내가 데리고 온 것은 아니다. 아! 비공식적으로는 내가 모신 게 맞지만 공식적으로는 악마 소환사 진청 쓰레기가 모셔온 지원군이 될 것이다.

“어, 언데드…….”

“언데드?”

공화국의 갑옷을 걸치고 공화국의 깃발을 들고 있는 언데드들.

-드디어 본색을 드러냈구나! 이 더러운 악마 소환사야!!

악마 소환사 진청이 안개의 숲에서 희생시킨 자신의 병력을 언데드로 만들어 끌고 온 것이다.

-신이 네놈을 용서하지 않을 것이다! 이 더러운 악마야!!!

신의 이름으로도 결코 용서할 수 없는 천인공노할 짓을 저지른 가면 쓰레기. 악마 소환사 진청.

갑자기 나타난 뜻밖의 언데드에 기존 병력들이 혼란스러워하는 게 눈에 보일 정도였다.

시야에 들어온 광경은 말로 다 표현할 수 없었다. 저만한 수의 언데드를 보고 탄식을 내뱉지 않는 것이 이상하리라.

아까와 같다. 아군은 너무나 황당한 장면에 입을 벌리고 있을 뿐이며 적군은 이해할 수 없는 상황에 어찌할 바를 모르고 있다.

일단 저것들이 아군인지 적군인지 알 수 없는 상황.

내 다급한 목소리 덕에 저것이 악마 소환사 진청이 만들어낸 지원군이라는 것을 인지하고는 있지만, 공화국은 아직 확신하지 못하는 것 같았다.

"제길……."

"전투 준비! 전투 준비해! 최소 영웅 등급 이상의 언데드다!"

누군가가 말한 그대로.

한소라와 정하얀이 심혈을 기울여 만든 언데드들은 흔히 볼 수 있는 일반이나 희귀 등급의 언데드와는 급이 다르다. 최소 영웅 이상, 간혹 리치들도 눈에 띌 정도였으니 다른 표현이 필요 없으리라.

솔직히 나도 이 정도까지 해줄 수 있을지에 대해서는 예상하지 못했다. 항상 상상 불가능한 모습을 보여준 정하얀이었지만 이번에는 정말로 악마의 군대를 만들어버렸다고 느껴질 정도.

종류는 다르지만 바로 앞전에 떨어진 메테오와 비교해도 결코 밀리지 않을 업적이라 할 수 있으리라.

'하긴 벨리알까지 소환했는데, 이게 뭐 대수겠어.'

물론 악마 군주가 소환되는 것과 비교하면 질이 조금 떨어진다 말할 수 있기는 하지만 검은 안개에 둘러싸여 있는 그들의 모습은 충분히 위협적이라 할 만했다.

오히려 어떤 부분에서는 더 그럴듯하다. 단신으로 있었던 벨리알과는 달리 일단은 숫자로 느껴지는 압박감 같은 게 있을 테니까.

현재 김현성이 어떤 생각을 하고 있을지도 뻔하다. 조금 약하기는 하지만 이 정도면 그동안의 경각심을 만족시켜 주고도 남으리라.

사실 조금 더 악랄한 방법이 있지는 않을까 하는 생각에 여러 방법을 물색해 봤지만 이 정도가 딱 인간적으로 해결할 수 있는 최소한의 마지노선. 더 이상의 설계는 내 양심상 할 수 없어 움츠릴 수밖에 없었다.

마침 체력적으로 지쳐 있는 타이밍.

적군도 아니라 공화국 병사들을 언데드로 만들어버린 광기 어린 가면 쓰레기 진청의 모습은 1회 차와 비교해도 부족함이 없다.

전쟁의 승리를 위해. 이 땅에 혼란을 초래하기 위해 모든 것을 버린 악마. 그게 바로 진청 쓰레기의 진짜 정체였다.

"크르르르르……."

"케에에에에에에엑!!"

종류도 다양.

단순히 병력을 많아 보이게 만들기 위한 하급 스켈레톤부터 생전 그대로의 능력을 유지하고 있는 언데드, 그 이상을 보여줄 수 있는 다크 나이트와 리치.

죽어서도 장기짝이 되어 고통 받고 있는 죽은 자들이 저마다의 방법으로 악마 소환사에 대한 원망과 충성심을 드러내고 있다.

천천히 입을 연 것은 당연했다. 지금처럼 좋은 타이밍은 좀처럼 오지 않는다는 걸 누구보다도 더 잘 알고 있기 때문이다.

-여러분! 이게 바로 악마 소환사의 정체며 목적입니다!!

'아암, 그렇고말고.'

-저 언데드들을 보십시오. 공화국의 깃발을 들고 있는 저 타락한 존재들을 직접 보십시오. 이 전쟁은 교국과 공화국을 위한 전쟁이 아닙니다. 한 타락한 악마의 음모와 선동으로 계획된 전쟁입니다. 눈을 뜨십시오! 눈을 떠 저희와 함께해 주십시오.

'함께 하즈아!! 가즈아!!!!'

-서로를 향해 검을 들어서는 안 됩니다. 대륙의 존망이 걸려 있습니다. 저 타락한 존재들의 손에 대륙을 빼앗길 수는 없습니다. 지금은 교국이지만 다음은 공화국입니다. 함께 검을 들어주십시오! 이 땅에 살아가는 모든 종족을 위해 힘을 모아주십시오!!

'하나가 되자!!'

-이미 공화국 지도부들이 자리한 곳은 악마의 놀이터가 되었습니다. 신의 편에 함께 서십시오! 빛과 함께해 주시기를 간

절히 말씀드립니다. 여러분! 빛의 군대와 함께해 주십시오!

'빨리, 이 새끼들아! 한시가 급하다!'

마치 선거에 나가는 정치인 같은 출사표. 제법 강단 있게 말한다고 하기는 했지만 분위기가 조금 축 처진 느낌이다. 최대한 이빨을 털고 있지만 아직 공화국 병사들은 제대로 호응해 주지 않고 있는 상황.

하지만 내 목소리가 닿지 않는다고 판단할 수는 없다. 아군을 공격하지 않는 모습만 봐도 알 수 있다. 계속해서 공격을 울부짖던 적 야전 지휘관들과 광기의 전쟁에서 동료를 잃은 병사들까지. 공통된 적의 등장에 침을 삼켜 넘길 뿐 행동하지 못하고 있다.

아까와는 확실하게 다른 상황. 증거 없이 날조로 중얼거렸던 이전과는 다르게 현재 우리들이 보고 있는 것은 실제로 벌어지고 있는 일이었다. 내부적으로 혼란이 들어서는 것은 이미 예정된 수순이나 다름없다는 거다.

"뭐, 뭐야, 이게……."

"정말로 아군의 지원 병력인가?"

"신이시여……."

특히나 영향을 받고 있는 우리 사랑스러운 바리안의 신도들. 공화국을 위해 전장에 섰던 신앙심 깊은 사제들은 눈을 감고 자신들의 신을 찾기 시작했다.

-바리안 님의 신도 여러분! 함께해 주십시오! 신을 위해 싸워주십시오! 부탁드립니다!!

누구 하나 먼저 움직이고 있지는 않지만 효과는 있다. 방금과는 다르게 발등에 불똥이라도 떨어진 듯 내 외침에 대응하려 했으니까.

기껏해야 대변인이 나설 거라 생각했지만 이것은 틀림없이 악마 소환사의 목소리.

최대한 침착한 척하고 있지만 조금 흥분한 게 느껴졌다. 어쩌면 당연한 반응이리라. 지난 라이오스 사태 때 이어 다시 한번 악마 소환사로서의 업적을 쌓게 생겼으니 저리 흥분하는 것도 무리는 아니다. 벌써부터 악마 관계자에게 칭찬받을 생각에 온몸이 달아오른 게 틀림없으리라.

'쓰레기 같은 새끼.'

-모두, 모두 조작된 내용입니다. 저 언데드들은 공화국과 아무런 상관이 없으며 전투에 혼란을 주기 위한 이기영 명예추기경의 자작극에 불과합니다. 라이오스 사태 때와 마찬가지로 그는 흑마법으로 모두를 기만하고 있는 악마입니다.

-나는 베니고어와 엘룬에게 선택받은 빛의 사자다. 하늘이 부끄럽지도 않느냐, 악마 소환사! 내게 주어진 빛은 너희 악마들을 심판하기 위한 빛이다. 순진한 병사들을 속여 무의미한 피를 흘리게 하고 오직 대륙에 혼란을 위해 전쟁을 일으킨 너희를 심판하기 위한 빛이다. 만약 내가 저 어둠의 군세들과 그 어떤 연관이 있다면 대륙에 존재하는 모든 신이 나에게 신벌을 내릴 것이다. 이 신성력이 바로 그 증거이며 네 거짓을 부정하는 가장 커다란 힘이다!

-닥쳐라! 이 더러운 사기꾼 자식. 대륙에 혼란을 주고 있는 것은 네놈이다. 신의 이름 뒤에 숨었다고 네가 행한 더러운 짓들이 감춰질 거라 생각지 마라! 진실은 언제고 밝혀질 것이다. 네가 지금껏 교국에서 행한 더러운 짓거리를 내가 모를 거라고 생각하는가! 민주주의를 방패로 제국에 혼란을 초래한 것도, 네놈이 블랙마켓을 가지고 있다는 것도 전부 알고 있다.

-어디서 거짓을 고하고 있는 것이냐, 더러운 악마야. 지금 너의 말이야말로 진실을 가리려는 선동이고 날조 아닌가. 공화국민들이여! 저 악마 소환사가 내뱉는 말은 전부 거짓입니다. 교국과 공화국이 처해 있는 현 상황처럼 저 입에서 나오는 모든 말이 악마의 속삭임입니다. 저자의 말처럼 교국이 공화국을 침략한 적도, 저 이기영 명예추기경이 제국의 혼란을 초래한 적도, 블랙마켓을 가지고 있다는 것도 전부 거짓입니다. 들

리는 것을 믿지 마십시오. 보이는 것을 믿어주십시오! 선동과 날조가 아닌 진실에 눈을 뜨십시오!

-진실은 밝혀질 것이다! 이 더러운 사기꾼 자식!!

-빛이 곧 진실이다! 악마 소환사 진청!

-네가 가지고 있는 것은 빛이 아니다. 만약 그 빛이 진짜라고 해도 네놈에게 그런 힘을 내린 신이 정상일 리가 없어. 정상일 리가 없어!!

-신이 내린 신성력을 부정하는 것은 곧 신을 부정하는 것이다! 하늘이 노할 악마야! 여신의 거울에 담긴 네놈의 모습이 곧 진실이고, 내가 가지고 있는 신성력이 진실이다. 전장에 흐르는 피가 곧 진실이고, 고통받는 모든 이의 모습이야말로 진실이다! 어둠에 삼켜질 모든 인류의 모습 역시 진실이다! 어디서 감히 네놈이 진실이란 말을 입에 담는 것이냐! 혀끝에서 나오는 더러운 말에 모두가 농락될 거라고 생각하지 마라!

-이런 미친 자식이!! 지금 공화국에서 언데드들을 부릴 이유가 어디 있단…….

-여러분 맞서 싸우십시오!! 저와 함께해 주십시오!!

대답하기 애매한 대답은 빛을 담은 진심의 목소리로 응수.

-그런 짓을 할 이유가…….

-함께해 주십시오!! 빛과 함께하십시오!!

사실 말싸움이 필요하지 않은 상황이다. 벌써부터 정신 나간 언데드 부대들이 게거품을 물며 달려들고 있었으니까.

고맙게도 언데드 군대는 착실하게 교국과 공화국을 구분 짓고 있었다. 공화국의 병사들은 가만히 내버려 둔 채 교국 병사들을 향해 검을 뻗고 흑마법을 뿌리고 온갖 역겨운 짓을 자행하고 있다.

계속해서 아니라고 말한들, 눈앞에 펼쳐지고 있는 현실은 결코 변하지 않는다.

"케에에에엑!"

"신성력! 신성력이 더 필요하다!"

"그에에에엑!"

"막아! 제기랄! 더러운 악마 소환사 새끼! 신이 두렵지도 않은 것이냐! 이 악마들아!!"

"대륙을 위해 검을 드세요! 어둠의 편에 서지 마십시오!"

"아아아아악!!"

언데드에게 밀리기 시작한 빛의 군세는 내가 봐도 가슴이 두근거릴 정도.

아마 계속해서 떨어지고 있는 빛무리가 아니었다면 사상자가 나와도 이상하지 않을 정도의 모습이다.

"지지 마!"

"절대로 쓰러지지 마라! 우리는 엘룬의 이름을 걸고 싸우는 에베리아의 기사들이다! 대륙에 아직까지 빛이 있음을 알려라!"

"사제! 사제에에에!!"

"부상자는 뒤로 빼! 최대한! 최대한 밀집해서 언데드를 막는다!"

진지 빨기 좋아하는 엘프 여러분은 눈물까지 흩뿌리며 어둠에 저항하고 있다. 언데드라면 치를 떠는 드워프와 교국의 기사 역시 마찬가지.

아직까지 사상자는 나오지 않고 있었지만 언제 죽는 병사들이 나와도 이상하지 않다. 모두가 똘똘 뭉쳐 있는 상황이 아니었다면 이렇게 버티지 못했으리라.

-어둠을 밝히는 것은 빛입니다. 우리는 작은 촛불이지만 하나하나가 모여, 함께한다면 끝끝내 어둠을 밝힐 수 있습니다. 작은 힘이 절실할 때입니다. 부디 깨달아 주십시오!

유명한 노래에 나올 것만 같은 구절을 외친 뒤 나 역시 몸을 옮기기 시작한다.

-지금 당장 교국의 사기꾼들을 공격해야 합니다! 모든 게 저

들의 자작극입니다! 언데드와 공화국은 아무런 관련이 없으며 우리가 교국에 타격을 준다면 진짜 진실이 무엇인지 밝혀질 것입니다. 다시 한번 검을 들어 싸우십시오!

-싸워야 할 대상은 서로가 아닙니다! 인류는 진짜 적을 눈앞에 두고 있습니다! 눈을 크게 뜨십시오. 빛이 곧 진실입니다!

-공화국 병사들은 당장 검을 들어라! 검을 들어!

-교국 병사들에게 명한다! 공화국 병사들에게 검을 겨누는 것을 허락하지 않겠다! 그들은 적이 아니야! 싸워야 할 대상은 그들이 아니다!

-이 미…… 미친 자식이! 그딴 사기극에 누가 속을 것 같아?!

-모두…… 힘을 하나로 모아주십시오!! 빛이 여러분과 함께할 겁니다! 악마 소환사의 말에 귀를 기울여서는 안 됩니다! 라이로스 때를 기억해 주십시오! 그가 바로 이 언데드들을 만든 장본인입니다.

-미친 소리에는 대응하지 않는다. 전 병력은……!!

-빛이 함께할 것입니다! 빛이 여러분과 함께할 것입니다! 두려워하지 마십시오! 절대로 두려워하지 마십시오!!

-이기영!!

-커다란 위협 앞에 우리는 하나가 될 수 있습니다!!

이 성전은 인류를 하나로 만들어줄 것이다.

아직 축배를 들기에는 이른 상황. 하지만 머릿속에서는 희망에 찬 BGM이 들려오기 시작했다.

-빛이 함께할 겁니다! 빛이 여러분과 함께할 것입니다! 두려워하지 마십시오! 절대로 두려워하지 마십시오!! 커다란 위협 앞에 우리는 하나가 될 수 있습니다!!

-전 병력은 들어라! 절대로 교국의 간사한 거짓말에 귀를 기울여서는 안 된다!

-눈에 보이는 것을 믿으십시오!

"이걸 담아둘 수 없다는 게 천추의 한이네……."

그 말 그대로였다.

눈앞의 상황을 기록할 수 없다는 게 아쉽게 느껴지는 것이 당연하다. 이번 전쟁의 끝에 이런 광경을 볼 수 있을 거라고는 상상도 못 했기 때문이다.

물론 어느 정도 언질을 받기는 했지만 실제 광경은 머릿속으로 그리고 있던 것 이상이었다.

"이런 걸 담아 둬야 하는 건데……."

"이지혜 님, 방금 뭐라고……."

"아뇨. 아무것도 아닙니다."

"아…… 네."

"그보다 여신의 거울 복구는 아직 인가요?"

"네. 사실 아직까지는 차도가 없습니다만…… 곧 방법을 찾을 수 있을 것 같습니다. 전에 떨어진 마법의 영향 때문인지는 모르겠지만 통신체계를 틀어막고 있는 마력의 힘이 약해진 것 같습니다. 어쩌면 자연스럽게 회복할 수도……."

"최대한 서둘러 복구해 주세요. 최우선 사항입니다."

"네. 노력해 보겠습니다."

"단순히 노력하겠다는 말로 끝나면 안 돼요. 최대한 빨리. 부탁드립니다."

"네!"

'진짜로 쓰레기라니깐…….'

눈앞에 펼쳐지고 있는 광경에 온몸에 소름이 돋았다. 사기를 쳐도 이렇게 스케일이 크게 치는 쓰레기는 찾아볼 수 없을 것이다.

멀찍이 떨어진 이곳에서 보기에도 공포스러운 위압감을 뿜어내는 언데드 무리.

아군 병력을 공격하는 그 모습은 대륙의 인간들을 도륙하기 위해 지옥에서 올라온 악마의 군대라 봐도 무리가 없어 보였다. 이 정도 숫자의 언데들을 본다는 것도 쉽지 않은 일이리라.

그들과 몸을 부딪치고 있는 빛의 군대 역시 묘사할 필요가 없다. 커다란 빛무리에 둘러싸인 아군 병력들이 똘똘 뭉쳐 어둠을 막아내는 모습은 숭고해 보일 지경.

이게 조작이라는 걸 알고 있는 나도 울컥할 정도의 명장면이라 할 수 있으니 다른 표현이 필요할 리 만무하다.

잘 짜인 각본처럼 진행되는 일련의 상황은 실제로 공화국 측에도 커다란 충격을 안겨주고 있었다. 그야 그럴 수밖에 없다. 어느 쪽이 빛이고 어느 쪽이 어둠인지, 상황이 점점 명확해지고 있었으니까.

아마 티를 내지 않을 뿐, 본인들의 머릿속에 있던 것들이 와장창 무너져 내리는 기분일 것이다.

아직까지 저들이 움직이지 않는 이유는 어디까지나 결정적인 계기가 없기 때문. 모두 마음속으로는 어떤 행동이 옳은지 깨닫고 있음이 분명했다.

그렇기 때문에 현재 타이밍은 무척 중요하다. 공화국 병력이 악마 소환사의 감언이설에 영향을 받기 전에 최대한 믿음을 심어줬어야 했다.

'이건 역사적인 장면이야.'

대륙의 역사가 천 년, 아니, 만 년이 지난 이후에도 모두가 기억할 만한 장면.

라이오스 사태 때부터 현 시간까지 이어진 이 이야기는 이기영 명예추기경의 영웅담으로 영원히 남아 기억될 것이다.

'그리고…….'

상상하는 것만으로도 몸이 부르르 떨려올 정도. 괜스레 심각한 표정을 지으며 전장을 바라보고 있었을 때, 옆에서 다시 한번 목소리가 들려오기 시작했다.

"이지혜 님, 병력들은 이제 어떻게……."

"아뇨. 더 이상은 의미가 없을 것 같네요. 이 이상 명령을 내리는 게 어떤 의미가 있을지도 모르겠고…… 할 수 있는 것은 전부 했습니다. 이제는 그들의 몫이에요. 이겨내고 이겨내지 못하고는…… 그들에게 달려 있습니다. 현 시간부로 지휘부에는 최소한의 인원만 남기겠습니다. 후방 부대를 비롯한 모든 병력은 곧바로 전장으로 내려가 아군을 지원합니다."

"네."

"잘 부탁드립니다."

당장 눈앞에 있는 부관들 역시 최대한 손을 보태야 한다고 생각하는 게 보인다.

그만큼 현재 상황에 막중한 부담을 느끼고 있는 것이리라.

얼굴에 들어선 것은 정체를 알 수 없는 책임감.

'숭고한 인간들이 많아서 다행이야.'

나 역시 저 파티에 함께하고 싶지 않은 건 아니지만, 현시점에서 가장 중요한 것은 여신의 거울이 정상적으로 작동되게 하는 것이다.

언데드가 여기 있다는 건 정하얀이 귀환했다는 뜻. 어쩌면 이곳으로 향하고 있을지도 모른다.

'그럼.'

여신의 거울이 정상적으로 작동되게 할 수 있으리라.

-교국의 이기영 명예추기경은 사기꾼이며 기만자다. 전 병력은 흔들리지 말고 교국의 병력을 막아라! 절대로 흔들려서는 안 된다!

'더럽게 말 많네.'

정상적이지 않았던 시스템이 갑작스레 돌아온 것은 바로 그때.

"이, 이지혜 님."

"지금 저도 보고 있어요."

"더 이상 이걸 유지할 마력이 남아 있지 않은 것 같습니다."

'기분 좋은 소식.'

"바로 띄워주세요. 고군분투하는 이들의 모습을 여신의 거울에 최대한 많이 담아야 합니다. 아직 디테일한 상황을 파악할 수 없는 이들도 있을 겁니다. 공화국의 병력만으로도, 교국의 병력만으로도 이겨낼 수 있는 싸움이 아닙니다. 두 집단이 힘을 합쳐야 이겨낼 수 있는 싸움이에요. 지금 곧바로 부탁드립니다."

"네."

만약 언데드들이 교국의 병력과 공화국의 병력을 구분하지 않았더라면 조금 더 상황이 쉬워질 수도 있었겠지만, 악마 소환사 진청을 제대로 옭아매기 위해서는 아군 병력을 적으로 설정하는 것이 더욱 효과적이다.

떠밀리듯 움직이는 것이 아니라 그들이 먼저 움직이는 그림을 그리고 있는 것이 틀림없으리라.

기존에 있는 사실을 어떻게 연출하고 편집하느냐에 따라서 그림이 달라진다는 것은 부정할 수 없는 사실. 지금 그가 가장 원하는 그림이 무엇인지는 당연히 알고 있다.

곧바로 제어장치에 손을 댔다. 시간이 얼마 지나지 않아 여기저기에서 여신의 거울이 크게 나타나기 시작했다.

아군 후방 진영에 선전용으로 크게 자리 잡은 메인 홀로그램에서 나오는 장면은 고군분투 중인 아군.

이기영 명예추기경이나 김현성 같은 영웅들을 담는 것이 아니다. 카메라에 담은 장면은 어디까지나 일반 병사. 공감을 자아낼 수 있고 자신들과 같은 처지인 소시민들의 모습이었다.

'이게 맞아.'

-막아! 제임스! 제임스!! 신성력을!! 들어오지 못하게 해! 명예추기경님을 보호해야 한다!

-신이시여. 신이시여!

-버틸 수 있어. 계속 버티면 지원군이 올 거다.

-부상자는 뒤로 빼! 치료를!

-신성력에는 더 여유가 없는 건가?

-이 더러운 자식들……. 이런 짓을 하고도 용서받을 거라고 생각한 건가!

-방패 들어! 창을 내리지 마! 대륙의 존망이 걸린 싸움이다. 절대 밀리지 마. 절대로 밀리지 마라!! 뒤에 가족이 있다. 여기서 밀리면 모든 게 끝장이야!

-마리아!!

연출된 화면이지만 누군가에게는 현실이다. 개인적인 이기심과 이득을 위해 싸우는 것이 아니라 밀려드는 어둠에 저항하고 있는 일반 병사들의 모습은 조금은 찡하게 느껴질 정도.

피를 흘리며 계속해서 사제를 부르짖는 이도 있었고 동료를 지키기 위해 목숨을 걸고 방패를 드는 전사들도 있었다. 큰 상처를 입은 이들은 물론 피를 토하며 신성력을 운용하는 사제들도 눈에 보인다.

모두가 빛의 장막에 둘러싸인 채로, 각자의 모습을 가지고 고군분투하고 있다.

'이건 먹힐 여지가 있어.'

저 멀리 떨어져 있는 이의 모습이 아니다. 현재 여신의 거울에서 나오고 있는 장면은 다름 아닌 그들 자신의 모습이다.

정말로 검을 겨누어야 할 대상이 누구인지. 누가 옳고 그른지.

본인들의 모습을 투영한 장면들이 계속 지나간다.

효과가 있을 거라고 생각한 것은 당연지사. 현재 상황에 동조하기는커녕 머뭇거리고 있는 공화국 병력을 움직이게 하기에 충분하다.

'움직여.'

물론 지금까지 칼을 맞댄 이들이 함께 싸운다는 것 자체는 무리수.

아군과 적군의 구분을 없애는 게 더 맞지 않을까 하는 생각이 들기는 했지만…….

'움직여!!'

그의 판단은 틀리지 않았으리라.

이 장면은 서로가 하나 되는 그림을 위해 만들어진 장면이다.

'움직여!!'

-막아! 제기랄!! 최대한 버텨!

-신성력이…….

-최대한 버티면서 응수한다. 지휘부에서 아마 곧 지원군을…….

-방패 들어. 포기하지 말고…… 방패 들어!!

-우리는 하나가 될 수 있습니다. 함께 싸워주십시오! 함께! 함께 싸워주십시오!

-이 더러운 시체들이!!

그의 판단이 틀릴 리가 없다.

'움직여!!'

"움직여! 이 멍청한 공화국 놈들아!! 아직도 진짜 적이 누군지 모르겠어! 교국이 당하면 그걸로 끝날 것 같아? 그다음은 너희 멍청한 공화국이라는 걸 왜 모르는 거야! 칼 들고 싸워! 멍청한 놈들! 저 시체들을 보고도 고민하고 있는 놈들은 도대체 뭐 하는 놈들이야? 칼 들어!! 스스로를 지키라고! 역사에 이름을 남기라고!!! 이 꼭두각시 새끼들아!"

크게 소리치며 괜스레 앞에 있는 테이블을 주먹으로 내려친 바로 그때였다.

외곽에 잡혀 있는 영상에서 기다리고 기다리던 장면이 모습을 드러낸 것.

갑작스러운 외침에 주변 부관들이 눈을 동그랗게 뜨고 나를 바라보고 있었지만 이미지를 챙길 때가 아니다.

현재 여신의 거울 앞에서 일어나고 있는 일을 확인한다면 그 누구라도 이런 반응을 보일 수밖에 없을 것이다.

-제기랄…….

-제길. 검을…… 검을 들어라! 일단은 언데드들을 몰아낸다. 일단 언데드들을 몰아내는 것부터 시작한다!

-교국을 도와!

-그건…….

-바리안 님을 위한 일이다.

-신성력을, 신성력을 지원해야 합니다. 여유가 있는 바리안의 신도들은 모두 저를 따라와 주시기 바랍니다. 싸움은 나중입니다. 언데드를 정화합니다. 바리안의 성기사들은 왼쪽부터! 움직인다!

-바닥에 깔아! 바닥에!

-제길……. 나도…….

"그래, 그거야. 그거라고!!"

주먹을 꽉 쥔 것은 당연하다.

바리안의 신도들과 성기사의 비율이 높은 구역에서 퍼져 나간 작은 도움은 순식간에 후방에 있는 커다란 거울로 송출된다.

아직은 작은 그림이다. 여신의 거울로 송출하기에는 아주 작은 그림이다. 하지만 그만큼 필요한 그림이기도 하다.

어쩔 줄 모르는 이들을 다루는 데 가장 적절한 것. 군중심

리만큼 저들을 움직이게 하는 것도 없다.

남과 북이 하나가 되는 듯한 화합의 물결이 천천히 전장에 자리 잡히기 시작. 송출되고 있는 영상은 계속해서 이 아름다운 장면을 홍보하며 적군과 아군의 화합을 종용한다.

저쪽에서도 기가 막히게 타이밍을 재고 있었는지 때마침 언데드들 역시 공화국의 병사들에게도 검을 내 뻗었고, 시간이 얼마 지나지 않아 인류와 인류가 아닌 빛과 어둠의 전쟁이 시작된다.

쌍팔년도 만화영화에서도 나오지 않을 것 같은 구역질 나는 클리셰. 하지만 그만큼 효과적이기도 하다.

"클리셰가 괜히 클리셰겠어?"

사실 더 이상은 볼 필요도 없다. 남은 문제는 이 큰 그림을 어떻게 마무리하느냐에 대한 것뿐이니까. 물론 너무 손쉽게 끝내버리는 그림도 좋지만은 않다.

이후의 역할은 내 역할이 아니지만 오빠가 어떤 그림을 그리고 있는지 대충 예상할 수 있었다.

본래 위기에 빠진 이들에게 따라오는 것이 있게 마련이다. 후대들이 공부하게 될 역사책에 적힐 내용은 조금은 허무맹랑한 이야기가 될지도 모르겠다.

눈앞에서 펼쳐지고 있는 대화합에는 기분 좋게 고개를 끄덕일 수밖에 없었다. 조금은 불안했던 것도 사실이지만 결과적으로는 아름다운 상황이 연출되고 있다.

아마 악마 소환사로서는 가장 보기 싫었던 그림일 터.

솔직히 내가 녀석의 입장에 있어도 현 상황을 어떻게 뒤집어야 할지 고민했을 것이다.

'답이 없겠지.'

외통수를 때려도 제대로 때려 버렸다는 거다. 살인사건의 현장에서 흉기를 든 채로 형사들과 마주친 거라 봐도 무방하리라.

라이오스 때와 큰 차이가 없다. 모든 증거와 정황이 녀석을 악마 소환사로 가리키고 있었고 빠져나갈 수 있는 구멍은 완전히 틀어막았다. 물론 녀석을 위해 준비한 선물은 이게 끝이 아니다.

'인정해.'

당연히 인정할 수 있다. 녀석은 뛰어난 군사다. 전쟁 도중에는 녀석에게 몇 번이나 뒤통수를 맞았고 실제로도 위험했던 적이 많았다.

여러 가지 머리를 써봤지만 대부분 간파당했고 심지어 준비한 연막에도 놈의 함정에 제 발로 기어들어 가게 됐을 정도였다.

만약 오늘 현장이 아니라 지휘부에 있었다면 몇 번이고 머리카락을 쥐어뜯었으리라. 그 정도로 궁지에 몰렸다고 말할 수 있는 상황이었다.

그럼에도 확신할 수 있다. 녀석은 이 상황을 뒤집을 수 없다.

지금 일어나고 있는 상황은 전쟁이나 전투와는 관계가 없다.

머릿속에 저장되어 있는 수많은 지식이나 병법 같은 것들을 현 상황에서 활용할 수 있다는 거라 생각하는 것 자체가 무리수. 분위기는 녀석의 손을 완전히 떠났다.

대화합의 물결이 일어나 모두 하나 되고 있었고 공통의 적을 상대로 인류가 손을 잡고 언데드들을 몰아내고 있다. 이 상황에서 지휘권이고 진영이고 신경 쓸 수 있을 리가 없다.

선택지는 두 가지. 하염없이 넋을 놓고 현재 상황을 바라보든가. 지난번처럼 최선을 다해 도망치든가.

물론 후자의 경우에는 도망칠 수 있는 수단이 있을 때의 이야기.

더 이상 음성 증폭을 할 필요가 없다고 생각한 것도 무리가 아니리라.

녀석의 목소리에는 대응할 필요도 열을 낼 필요도 없다. 현재의 상황에 충실하고 주어진 역할을 대중 앞에 선보이는 것. 그것 외에 내게 주어진 미션은 없다.

'잘 마무리해야 돼.'

클라이막스인 만큼 그 무엇보다 마무리가 중요하다.

후방에서 안전하게 상황을 지켜볼 수 있기도 하지만 그렇게 할 리 없다. 그 누구보다 열심히 싸우고 있다는 걸 보여주기 위해서는 나 같은 놈도 창을 들어야 할 필요가 있다. 이를테면 정치인들이 간혹 보여주는 보여주기식 생쇼. 별것 아닌 것 같지만 이건 확실하게 효과가 있다.

"대륙을 위하여!!!"

"빛을 위하여! 베니고어 여신님과 엘룬, 바리안 님을 위하여!!"

"깃발을 들어 올려라! 대륙에 아직까지 빛이 살아 있다는 걸 증명하자! 베니고어의 아들딸들이여!"

"화살을 멈추지 마!"

틀림없이 위기라고 할 수 있는 상황. 하지만 계속해서 저항하는 인류의 모습은 희망찬 메시지를 던져주기에 충분했다. 아마 밝은 미래를 떠올리고 있는 것은 나뿐만이 아닐 것이다.

창을 들고 전선에 서자 얼굴을 마주하기도 싫은 흉악한 언데드들의 모습이 눈앞에 드러났다.

뭔가 날 보고 움찔하는 것 같기는 했지만 녀석들 역시 충실히 자신들의 역할을 이행하는 중. 일반 병사들과 함께 힘겹게 녀석들을 막는 장면은 동상으로도 만들어질 만했다.

시간이 지날수록 얼굴은 땀과 오물로 범벅이 된다. 그림은 충분히 만들어졌다.

아! 물론 주변 인물들을 걱정시키는 장면 역시 빠져서는 안 된다.

"명예추기경님! 안쪽으로 가셔야 합니다. 위험합니다!"

"하아, 하아. 가만히 구경만 할 수는 없습니다. 저는 괜찮습니다."

"명예추기경님!"

"모두가 함께 싸우고 있습니다. 심지어 공화국의 병사들까지도요. 만약 제가 몸을 숨긴다면 많은 이가 저를 비난할 겁니다. 후우. 제게 주어진 역할을 해야 합니다. 저도 언데드들과 싸울 수 있습니다."

"하지만……."

"더 이상은 듣지 않겠습니다. 한시가 급한 상황입니다. 이해해 주셨으면 좋겠습니다."

"네, 네……."

"작은 힘이라도 보탤 수 있습니다. 모두 힘을 내주세요."

사실 내가 이 전선 앞에 나와 있는 것 자체가 커다란 민폐. 내가 괜찮다고 말한들, 주변에서 괜찮을 리가 없을 테니까.

당장 나를 지키기 위해 계속해서 움직일 수밖에 없는 이들의 활동 범위가 제한된다는 것 자체가 그렇다. 하지만 이런 홍보 효과를 놓칠 수는 없는 노릇.

내 장단에 맞춰준다는 듯 여신의 거울은 이쪽을 비추고 있다.

조금 더 극적인 모습을 보여줄 수 없다는 게 가슴 아플 지경. 하지만 계속해서 신성력을 뿜고 있는 모습은 충분히 신의 사자라고 할 만하다.

"명예추기경님께서 함께하신다!"

"명예추기경님이 함께하신다! 검을 들어!"

사기를 높여주는 게 긍정적인 효과라면 긍정적인 효과.

징그러운 언데드들과 뒤엉켜야 한다는 게 기분이 조금 나쁘기는 하지만 충분히 감수할 수 있다.

뭔가 새로운 장면이 필요하다고 생각할 즈음 거대한 녀석 하나가 이쪽으로 달려오기 시작. 녀석이 나를 해칠 수 없다는 것 정도는 알고 있지만 그럼에도 등골이 서늘할 정도였다.

'이 자식이랑 조금 놀아주면 되겠는데…….'

눈물 콧물 다 뺄 만한 감동 상황을 연출할 생각에 입꼬리가 찢어지기는 했지만 순식간에 녀석을 둘러싸는 아군 병력이 눈에 보인다. 이쪽이 위험한 상황에 처하는 것을 두고 볼 수 없는 모양.

김예리와 안기모, 박덕구가 없는 이곳에서 감동 상황을 연출하기란 쉬운 게 아니라는 걸 다시금 깨달을 수밖에 없었다.

'주작질이 쉬운 게 아니야.'

조금은 현실적으로 접근할 수밖에 없다. 미적지근하게 마무리가 된다면 조금 찝찝해지는 것이 사실. 아군 병력은 물론 인류 전체가 위험에 빠졌다는 인상을 줘야 김현성도 납득할 수 있는 마무리가 될 것이다.

슬쩍 여신의 거울을 보자 눈에 보이는 것은 얼굴을 굳히고 있는 사랑스러운 회귀자. 자세히 얼굴을 바라보니 제법 피곤해하는 기색이 역력했다.

'그럴 만도 하지.'

무사하다는 것 정도는 알고 있었지만 온몸이 상처투성이가 된 것은 물론 마력 부족 현상을 겪고 있는 놈을 보니 가슴이 괜스레 찡해졌다.

조금 쉬어도 되건만 아직도 초조함이 가시지 않은 얼굴이다. 이미 예상한 상황인 듯 아직도 불안해하고 있는 게 눈에 보인다.

'이거 어느 정도는 들어맞은 건가.'

당연히 언데드 대란을 일으키기 잘했다는 생각을 할 수밖에 없었다. 이 언데드들은 진청을 위한 선물이기도 했지만 김현성을 위한 선물이기도 했다. 가면 쓰레기가 너무 맥없이 쓰러지는 것은 아닌가 하는 의심을 불식시키기 위한 작업.

문제는 우리 사랑스러운 회귀자가 이걸로 만족하는가. 악마 소환사의 경우에는 충분히 만족시킨 것 같지만 아무래도 아직도 불안해하는 김현성을 보니 뭐가 더 남아 있다고 느끼고 있는 것 같았다.

'이걸로도 모자라?'

이 정도면 충분히 가면 쓰레기답다고 생각했지만 아군을 언데드로 만들어버리는 간악한 술수도 워밍업에 불과하다고 생각하는 모양이다.

다른 걸 새로 준비하고 싶은 마음은 굴뚝같았지만 준비할 시간도 아이디어도 없다.

'슈바.'

지금 당장 할 수 있는 건 조금 더 극적인 상황을 연출하는 것. 그 이상 뭔가를 하는 것은 오히려 부작용을 안게 되리라.

아주 약간의 찝찝함이 남을 수도 있겠지만 일단 전쟁이 끝난 이후에 대충 얼버무린다면 충분히 커버칠 수 있다. 아니, 준비한 묵직한 한 방으로도 충분히 의심 자체를 지워 버릴 수 있다.

다시 한번 창을 들었다. 최대한 병력들과 함께 언데드들에 대항하는 그림이야말로 내가 원하는 그림. 하지만 무언가 위기감이 부족하다.

'여기서 일어나는 애들도 있어야 더 실감 날 것 같은데…….'

알아들을지는 모르겠지만 신호를 보내자 기다렸다는 듯이 숨이 끊어졌던 공화국 병사들이 몸을 일으키기 시작. 그래 봤자 하급 언데드지만 안 그래도 지쳐가는 병력에게 부담을 심어주기에는 충분하리라.

"적이……."

"그래 봤자 하급 언데드다! 전선을 무너뜨리지 마! 버틸 수 있을 만큼 버틴다!"

"지친 병사는 후방으로! 체력이 남아 있는 부대가 앞을 지킨다!"

"베니고어 여신이시여!"

점점 더 탄력을 받은 언데드들은 비명을 지르며 사방팔방을 점령하고 있다. 아무래도 지원이 필요하다는 의미를 좀 다르게 받아들인 것인지 정하얀과 한소라가 본격적으로 힘을 쏟기 시작한 것이다.

어딘가에서는 전설 등급의 언데드라도 튀어나온 듯한 느낌. 시간이 지나면 지날수록 전선 자체가 밀리고 있다는 느낌을 지우기가 힘들다.

'이거 슈바. 너무 셌나. 진짜 버티기 어렵겠는데…….'

천천히 무너지고 있는 전선. 체력적으로 지친 이들이 유지하고 있던 대열이 무너지고 그 사이로 언데드들이 꾸역꾸역 밀고 들어오는 모습 역시 눈에 들어왔다.

"지원을! 신성력으로 지원해!"

"하지만……."

"무너지고 있는 쪽부터 지원한다! 공화국 병력들은 최대한 교국을 돕는다!"

"아아아아아악!"

"지지 마! 버텨!!"

내가 생각한 것보다 전선이 빠르게 무너지고 있는 것 같은 느낌. 조금 더 굳건히 버텨줄 거라고 생각은 했지만 아무래도 모든 병력이 체력적으로 여유가 없는 것 같았다.

'당연한 건가.'

교국과 공화국이 전력으로 부딪친 바로 이후다. 김현성도 마찬가지였지만 각 지역에 자리 잡고 있는 네임드들 역시 어마어마한 부담을 느끼고 있음이 분명. 일반 병사들이야 두말할 필요도 없으리라.

이미 충분히 위기라고 할 수는 있었지만 김현성이 상상하고 있는 위협이라고 확신할 수는 없다. 여기서 조금 더 조여볼까 하는 생각을 하기엔 이미 많은 병력에게 맡겨진 부담이 너무 크다.

'조금 더 극적일 때…….'

"제길! 제길!! 버텨!!"

"13부대가 무너진다! 13부대 지원해! 지원!"

"공화국 병력이…… 언데드 부대에."

"아직 살아 있어. 지금 당장 부대를 구성해서 구하러 간다."

"여유가 없습니다."

"제길! 제길!! 신이시여!!"

"베니고어 여신이시여! 진정 저희를 버리나이까! 베니고어 여신이시여!"

'조금 더 극적일 때…….'

"엘룬이시여! 힘을! 힘을!! 대륙을 지킬 수 있는 힘을!!"

'조금 더, 조금 더…….'

"엘룬이시여!!"

주변 진영을 구성하고 있는 부대의 대열이 하나둘 뚫리기 시작. 좁은 틈새를 꾸역꾸역 밀고 나온 언데드들이 사제와 마법사들을 덮치고 있다. 심지어 공화국의 일부 병력들은 완전히 언데드에 휩쓸리는 중. 계속해서 신을 찾는 상황이 어색하지 않다.

조금 더 상황을 지켜보고 싶어 고개를 든 순간 여신의 거울에서 고군분투하고 있는 박덕구의 모습이 보였다. 공화국 병사를 공격하고 있는 언데드를 방패로 뭉개는 녀석을 본 순간 자연스럽게 품에 있던 것을 들이켰다. 찔려오는 양심을 더 이상 견딜 수가 없었기 때문.

사방에서 여러 가지 목소리들이 들려오는 소리가 일순간 삼켜지기는 듯한 느낌.

나를 중심으로 빛이 사방으로 퍼져 나가는 것은 순식간.

화아아아아아악!

일순간 세상이 밝아진다. 시선이 집중된다. 하지만 상처받은 양심 때문인지 나를 보는 병사들의 눈을 제대로 쳐다볼 수가 없다. 최대한 시선을 피하기 위해 눈을 감은 순간 여기저기에서 터져 나오는 탄성.

"현신이다…… 현신."

"베니고어 여신께서…… 강림하셨다."

'바로 요거죠?!'

계산하고 있었던 그대로.

혹시 모를 상황을 대비해 만들어놨던 두 번째 카드는 확실히 제 역할을 해주고 있었다.

'베니고어 강림 코스프레.'

빛 폭탄 물약의 복용으로 딸려오는 효과였다.

'내가 바로 베니고어 그 자체다! 이 새끼들아!'

[희귀 등급의 강제 퀘스트가 발동합니다.]

[너…… 진짜 이 새끼. 이거 놔! 이거 놔! 말리지 마! 엘룬 너 이 새끼 이거 못 놔? 이 개새끼들아! 저 새끼가 지금! 나도 더 이상은 못 참아!(0/1)]

[알 수 없는 이유로 희귀 등급의 강제 퀘스트가 취소됩니다.]

희망이 없는 전선. 어둠이 군세에게 밀리고 있는 빛의 군세. 모든 빛이 어둠에 삼켜질 때 등장한 가장 커다란 빛.

기술명.

'여신 강림.'

물론 단순한 개구라. 하지만 몸이 빛으로 휩싸이는 게 느껴질 정도였다.

용 숨결 물약은 복용이 불가능한 물약이었다. 브레스를 쏟아내는 기관과 비슷한 형태의 유리병을 제작하고 디아루기아의 마력과 혈액을 촉매로 비슷한 폭발을 일으키는 원리의 물약.

연금술의 정수라고 보기보단 여러 복합적인 기술이 사용된 폭탄 그 자체라고 봐도 무방했다. 터지기 위해서 만들어진 물건이니 복용이 불가능한 것은 당연.

애초 그녀의 혈액은 마실 수도 없다. 아직도 주인을 기다리고 있는 강화의 혈청이 설명해 주듯이 혈액을 마시는 것 자체가 위험을 동반한다.

하지만 새로 들어온 녀석은 그렇지 않다.

존경해 마지않는 베니고어 여신과 엘룬 쓰레기가 직접 선물로 내려주신 이 따끈따끈한 녀석은 적과 아군을 확실하게 구분한다.

빛 폭탄 물약은 단순히 터지기만을 위해 제작된 물약이 아니라는 거다.

[빛 폭탄 물약-준신화 등급]

[빛의 연금술사 전용 소비 아이템-일일 사용량 제한(3/3)]

[준신화 등급의 직업, 빛의 연금술사만이 연성할 수 있는 고유의 물약입니다. 베니고어 여신의 배려와 엘레나의 희생으로 인해 만들어진 이 물약은 사용자의 신성력을 주입한 직후 사용자의 적

과 아군에게 반응하는 거대한 빛 폭발을 일으킵니다. 아군은 중상을 즉시 회복하게 되지만 적군은 폭발의 영향에 그대로 노출됩니다. 하루에 세 번 사용 가능합니다. P.S 쓰레기 같은 놈. 이번이 정말로 마지막이다. 나도 더 이상은 한계야.]

말 그대로 거대한 빛 폭발을 일으키는 물약. 이걸 마시면 어떻게 될까. 그런 궁금증이 생기지 않을 리가 없다.

물론 답은 금방 나온다. 굳이 여러 가지 가정을 만들 필요조차 없다. 나 이전에 이걸 복용한 녀석이 있었으니까.

'살라트가 그랬었지.'

정확히 말하면 복용과는 거리가 멀었지만 녀석은 이걸 체내로 받아들인 적이 있다.

놈의 경우에는 괴로움에 몸부림쳤지만 당시 놈의 몸을 뚫고 나간 빛은 아군 원정대에게까지 닿았고 실제로 그 효과를 입증했다.

마신다고 하더라도 효과에는 변화가 없다는 거다.

적군에게는 대미지를, 아군에게는 회복을. 제한된 범위, 심플한 능력, 심플한 기능. 다른 말이 필요할 리가 없다.

복용한다고 해서 초월적인 힘을 얻는 것도 아니고 무언가 극적인 변화가 생기는 것도 아니다. 당연하지만 신이 강림하는 것도 아니고 신성력이 크게 늘어나는 것도 아니다.

기능은 같다. 그래. 기능은 같다. 겉모습이 조금 달라진다는 것만 빼면.

여기저기에서 들려오는 목소리에 실눈을 뜨자 순식간에 사방으로 뻗어 나간 빛이 시야를 가득 메운다.

몸속에서 계속 화아아악 소리가 들려오는 느낌. 뱃속이 조금 부글거린다는 느낌은 있었지만 이상은 없다.

오히려 기분이 조금 좋다고 느껴질 정도. 상처를 모조리 회복시키는 것으로 모자라 피로마저 날아가게 한다. 나를 밝히고 있는 빛이 계속해서 병력을 휘감고 있는 모습은 장관.

쓰러져 있던 이들 역시 몸을 일으키고 있었고 화살이나 마법에 휩쓸린 이들 역시 자신의 몸을 매만진다.

엘룬과 베니고어의 합작으로 만들어낸 이 커다란 기적에 공화국 교국 가릴 것 없이 모두 다 커다랗게 입을 벌리고 있었다.

'눈멀겠다. 슈바.'

천천히 퍼져 나간 빛이 보여준 모습은 내가 봐도 자랑스러울 정도의 광경. 순간적으로 전쟁터를 환하게 비친 빛 때문인지 일순간 전투가 마비된 것 같은 착각을 불러일으킨다.

운석이 떨어졌을 때, 언데드가 나타났을 때, 그리고 현재. 오늘만 벌써 세 번째. 일순간 전장에 정적이 찾아온 것은 그들과 마주하고 있던 언데드들 마저 빛의 영향을 받고 있기 때문이리라.

"강림하셨다. 베니고어 여신님께서 강림, 강림하셨다."

개뿔. 강림한 것도 아니지만 저렇게 생각해 주길 바란 것은 당연지사.

슬쩍 고개를 돌려 여신의 거울을 바라보니 완전히 빛 그 자체가 되어버린 빛기영이 시야에 비쳤다. 환한 빛이 몸을 빛내고 있는 것은 물론 환한 빛이 계속해서 주변을 맴도는 중. 눈에서 쏟아지는 안광은 당연히 신성해 보인다.

얼마 남지 않은 신성력으로 부유 마법을 중얼거리자 내 몸이 천천히 공중으로 떠오르기 시작. 입을 벌리고 나를 바라보고 있는 이들의 모습이 조금 귀엽게 느껴졌다.

사전 작업을 해야 할 필요가 있다 생각하기도 했지만 극적인 순간에 터뜨린 효과인지 눈물까지 흘리며 나를 바라보고 있는 이들의 모습은 가히 가관이라 할 수 있을 정도.

"베니고어 여신님……. 베니고어 여신님!"

-그대들의…….

"흐으으윽."

'그만 좀 울어라. 이놈들아. 말 좀 하자. 그만 좀 울어.'

-그대들의 목소리를 들었습니다.

입을 연 순간 곧바로 조용해지는 장내. 계속해서 들려오던 진청의 목소리도 들려오지 않는 상황.

언데드들도 일순간 움직임을 멈춘다. 뭔가 초월적인 힘에 방해를 받고 있기 때문이 아니다. 단순히 정하얀이 병력들을 컨트롤 하고 있는 것뿐이었지만 언데드들은 나름대로 최선을 다해 연기력을 선보이고 있었다. 눈앞에 벽이라도 쳐져 있는 것처럼 마임을 하는 모양새는 가관이다. 눈으로 봐도 이해할 수가 없다.

수많은 이들이 그 광경을 어처구니없다는 듯 바라보고 있었다.

만족스럽게 입을 열자 다시금 이쪽을 바라보는 이들의 얼굴을 바라볼 수 있었다.

-알고 싶은 것이 많을 겁니다. 어째서 저, 베니고어가 이 자리에 자리해 있는지. 어째서 몇 천 년 동안 모습을 드러낸 적이 없었던 제가 이렇게 모습을 드러냈는지 말입니다. 하지만…… 모든 것을 설명할 수는 없습니다. 모든 것을 이야기해드릴 수는 없습니다. 제가 말씀드릴 수 있는 것은 현재의 대륙이 위험에 처해 있다는 것뿐입니다.

"……."

"……."

-여러분이 바라보고 있는 일은 시작에 불과합니다. 이 세계를 위협하는 세력은 아직도 그 모습을 드러내지 않았습니다. 지금 보고 있는 수많은 저주받은 존재들과 현재 자신의 모습을 숨기고 있는 악마의 하수인. 이 위협은 시작에 불과합니다. 지금 여러분이 겪고 있는 모든 고난은 앞으로의 역경과 비교하면 아주 작은 것들처럼 느껴질 것입니다.

'좋고요.'

아무리 나라도 이 정도의 사기를 치면 조금은 떨리게 마련. 혹시 말실수라도 하지 않을까 불안하기는 했지만 걱정과는 다르게 너무나도 쉽게 입이 열리기 시작한다.

-엘룬의 아들딸들이여. 바리안의 아들딸들이여. 그리고 이 대륙에 존재하는 모든 이의 아들딸들이여. 제가 오늘 이 신성하고 순수하며 그 어떤 이들보다 깨끗한 이 인간의 몸을 빌린 것은 여러분들에게 다시 한번 이 메시지를 전해야겠다고 생각했기 때문입니다.

천천히 주위를 한 번 둘러보면서.

-대륙을 안전을 위협하는 이들은 실존합니다.

숨을 한 번 멈춰주고.

-지금 이 순간에도 끊임없이 대륙을 그들의 색으로 물들이려 하고 있습니다. 인간의 몸으로는 감당하기 힘든 일일 수도 있습니다. 하나 여러분들이라면 이겨내는 것이 가능합니다. 하나 되십시오. 이 세계에 살아가는 모든 이가 힘을 모은다면 우리는 충분히 이 위협을 헤쳐나갈 수 있습니다. 여러분은 분명히 이겨낼 수 있을 것입니다. 빛의 이름 앞에 하나 되어 모든 고난과 역경을 극복할 수 있을 것입니다.

다시 한번 강한 어조로 대사를 마무리.

-부디 마음을 굳게 먹으십시오.

악마 소환사 진청에 대해 직접적인 언급을 할 수도 있었겠지만 아무래도 계속해서 녀석을 언급하는 건 굳이 할 필요가 없다. 악마의 하수인이라는 단어로 끝.

아마 이 정도만 해도 우리 사제님들께서는 일이 어떻게 돌아갔는지 눈치챌 수 있으리라.

"아아, 베니고어 여신이시여……."

"베니고어 여신님, 베니고어 여신님!"

애타게 베니고어 여신의 이름을 부르는 이들에게는 침착한 미소로 화답. 내 역할은 끝이다.

천천히 손을 들어 저주받은 언데드들에게 손을 뻗자 벌써부터 괴로워하는 저주받은 이들의 모습이 시야에 비쳤다.

"케에에에에엑!"

"끄르르륵. 끄르르륵."

-그대들은 구원받을 것입니다.

손을 천천히 젓자 주변에 있는 언데드들이 허물어지기 시작한다.

"기적……."

"여신이시여……."

"케에에에에에에에엑!"

-…….

"크르르륵."

화아아아아아아아아악!!

남은 한쪽 손으로 원을 그리자 역시나 언데드들이 허물어진다. 물론 신성력의 영향을 받은 것이 아니다.

눈속임용으로 빛이 나아가고는 있었지만 저 빛은 고등 언데드를 죽일 수 있을 정도로 대단하지 않다. 아마 따끔한 수준 정도일 거다.

그럼에도 언데드들이 도미노처럼 풀썩풀썩 쓰러지고 있는 이유는 당연히 정하얀에게 있다. 손을 뻗음과 동시에 술식을 해지하면 끝. 잘 짜인 대사기극이지만 여기까지 온다면 당연히 결과는 그럴듯해 보인다.

마치 이러기 싫다는 듯 눈물 한 방울 정도 떨어뜨리는 것도 필수. 베니고어 여신님은 언데드를 무로 되돌리면서도 눈물을 흘리신다. 당연하지만 빛 폭탄 물약을 삼켜 버린 지금은 눈물마저 밝게 빛나고 있다.

전장을 가득 메웠던 언데드들이 파도타기를 하는 것처럼 무로 돌아가는 모습은 내가 봐도 신성해 보일 정도. 조금 오버하는 것 같지만 이 정도는 되어야 기적이라 부를 만하다.

어느새 너 나 할 것 없이 사제들은 기도를 드리고 있는 것만 봐도 대충 분위기가 어떤지 예상할 수 있으리라.

-고통받았던 모든 이가 축복받을 것입니다.

이쯤 되면 손을 움직이는 것도 조금 힘들다. 하지만 계속해서 나도 모르게 입꼬리가 올라가기 시작.

'끝났어.'

단언컨대 끝난 거나 다름이 없다. 아니, 확실히 끝났다. 지금 보이는 모습에 그 어떤 변명도 들어올 리 없다.

진짜 베니고어가 강림해도 베니고어를 가짜라고 몰아낼 수 있을 정도의 믿음. 나를 바라보는 이들의 눈빛은 그 정도의 감정이 들어서 있었다.

교국 공화국 가릴 것이 없다. 바리안의 신도들은 혹시나 내가 바리안을 다시 언급할까 바라보고 있었고 엘룬을 모시는 엘프들 역시 신에 대한 존중을 내보이고 있다.

-이후의 일을 이 땅 위의 주인인 여러분에게 맡기도록 하겠습니다. 시간이 얼마 남지 않았으니…… 허락도 받지 않고 몸을 빌렸군요. 이 신성한 인간 또한 잘 부탁드리겠습니다. 다시 한번 여러분을 보는 것은 어렵겠지만, 항상 기억해 주십시오.

"베니고어 여신님……."

-여러분은 혼자가 아닙니다. 저희는 언제나 항상 여러분의 목소리에 귀 기울이고 지켜보고 있습니다. 항상 기억해 주십

시오.

"……."

-여러분은 혼자가 아닙니다.

마지막 말을 마친 이후에 타이밍 좋게 머금었던 빛이 사라지기 시작했다. 당연히 하늘에 떠 있던 내 몸은 땅바닥으로 곤두박질친다.

물론 당황하거나 무서워하지 않았다. 어차피 누군가가 나를 캐치할 거라는 걸 알고 있었으니까.

조용히 떨어지는 내 몸을 받아낸 것은 김현성도 박덕구도 아닌 일반 병사들.

마치 콘서트에서 관객석으로 뛰어내린 가수를 받는 것인 양 앞다투어 손을 뻗는다. 차이점이 있다면 제법 경건하게 느껴졌다는 것.

의식이 없는 나는 단순히 눈을 감고 있을 뿐이었지만 흐느끼는 소리와 함께 땅바닥으로 무기를 떨어뜨리는 소리가 들려온다.

"흐으으윽……."

"어머니……."

전쟁은 끝났다. 그 누구도 먼저 말을 꺼내는 이는 없었지만 아마 모두가 느끼고 있을 거라고 생각했다.

천천히 눈을 뜨니 하늘을 가렸던 구름이 지나가며 빛이 쏟아지는 것이 보인다.

전쟁은 끝났다.

"끝났구나."

"네, 명예추기경님…… 끝났습니다."

혼잣말에 대답해 오는 경비의 목소리를 뒤로하고 살짝 웃음 짓는 것은 당연지사.

"무슨 일이…… 있었던 겁니까."

"기억나지 않으시는 겁니까?"

"네. 빛에 휩싸인 것까지는 기억하지만, 아니, 그 이후에도…… 기억은 나지만…… 정말로 있었던 일인지. 정신이 몽롱합니다."

"아마 곧 아시게 될 겁니다."

바닥에 내려온 이후에 고개를 든 순간 보이는 것은 나를 향해 인사를 올리고 있는 교국과 공화국의 병사들.

뭔가 멍한 얼굴로 나를 바라보는 표정이 재미있다. 어떻게 해야 할지 갈피를 잡지 못하는 느낌. 어쩌면 모두가 내가 말해주기를 기다리고 있을지도 모른다.

결국 조용한 목소리로 입을 열 수밖에 없었다.

"전쟁은…… 전쟁은 끝났습니다."

커다란 환호성이 들려왔다는 건 굳이 설명할 필요도 없으리라.

116장
살기 좋은 세상

-전쟁은…… 전쟁은 끝났습니다. 네. 전쟁은 끝났습니다. 더 이상 서로를 향해 검을 뻗어야 할 이유가 없습니다. 많은 오해가 있었고 그만큼 서로를 적대하던 기간이 길었습니다. 단순히 이번에만 국한된 이야기가 아닙니다. 지금 이 자리에서만 국한된 이야기가 아닙니다. 서로 싸우며 상처 입히고 경쟁했던 그동안의 역사가 역시 이제는 모두 막을 내렸습니다. 증오를 버리는 것. 복수심을 벌리는 것. 분노를 내려놓는 것. 그게 얼마나 힘든 것인지 저 역시 알고 있습니다. 모두가 소중한 사람을 잃었습니다.

-…….

-교국과 공화국 가릴 것 없이 모두가 아끼는 이들을 잃었습

니다. 누구는 사랑하는 이를, 또 누구는 소중한 전우를, 또 누구는 가족을 잃었습니다. 하지만 이건 모두가 극복해야 하는 일입니다. 이 자리에 있는 모두에게 주어진 숙제입니다. 서로가 검을 겨누던 적이 손을 마주 잡는 것이 얼마나 힘든 일인지 잘 알고 있습니다. 하지만 우리는 나아가야 합니다. 더욱더 큰 가치를 위해 한발 더 나아가야 합니다. 조금 더 성숙해져야 합니다. 아픔을 딛고 그렇게 나아가야 합니다.

-…….

-공화국 여러분은 고개를 드십시오. 여러분의 잘못이 아닙니다. 교국의 여러분은 손을 뻗어 주십시오. 그들의 잘못이 아닙니다. 거대한 흐름 앞에 우리가 얼마나 작은 존재인지는 그 누구보다 우리가 더욱더 잘 알고 있습니다. 서로가 서로를 용서해야 합니다. 그래야 우리는 나아갈 수 있습니다. 고개를 드세요. 눈물을 흘릴 필요도 주저앉아 있을 필요도 없습니다. 함께 갑시다. 이 증오의 역사에 종지부를 찍기 위해 모두가 함께 움직입시다. 서로가 추구하는 가치는 다를지 모르지만 우리는 커다란 과업을 눈앞에 두고 있습니다. 이 대륙을 위협하는 이들은 실존합니다. 그들은 아직도 대륙 곳곳에 숨어 신들이 빚어낸 이 땅을 노리고 있습니다. 오늘 베니고어 여신께서 여러분께 남긴 메시지가 바로 그것입니다. 하나가 되어야 앞으로 다가올 고난과 역경을 벗어날 수 있습니다. 고개를 드십시오!

오늘의 상처를 치료하는 것은 어렵겠지만 곧 새살이 돋을 것입니다. 먹구름이 걷히고 태양 빛이 쏟아지는 지금처럼…… 새로운 시대가 열릴 것입니다. 피로 얼룩진 이 땅 위에도 꽃이 필 것입니다.

-…….

-함께 갑시다. 신의 뜻 아래 우리들은 하나가 될 수 있습니다.

언제나 그렇듯 묘하게 조용해진 장내가 눈에 들어왔다.

조금은 숙연해지는 게 당연하리라. 본래대로라면 한참 떠들썩한 분위기에서 술잔을 부딪치는 소리가 들려왔겠지만 여신의 거울에서 흘러들어 오는 영상을 본 이후에는 이 장소도 조금 진지해지는 느낌이었다.

아니나 다를까. 바로 옆에 있던 닉이 입을 열어오는 게 시야에 비쳤다. 조금은 듣기 싫은 목소리였지만 오늘은 녀석이 떠들어대는 걸 참아볼 생각이다.

전쟁 이후 벌써 일주일이 흐른 상황. 여러 가지로 아는 게 많은 녀석인 만큼, 여러 가지 정보를 들을 수 있을 테니까.

"참…… 대단하신 분이야."

"아암. 저건 몇 번을 봐도 질리지 않는다니까. 그러니까 여신의 거울에서도 매일같이 나오고 있는 거 아니겠는가?"

"대단하고말고. 저분이 어디 보통 분이신가. 아마 저러기도 쉽지 않을 거야. 저분 역시 가장 이번 전쟁에서 가장 큰 피해를 보신 분이 아닌가. 실제로 라이오스 사태 때는 돌아가실 뻔하기도 했고. 에베리아 왕국에 있었던 것도 몸을 치료하기 위해서였다고 하지 않았나. 어떻게 보면 사실 가장 큰 일을 겪으신 거나 다름없지. 사실 저 상황에서 아무 조건 없이 공화국 병사들의 손을 들어준다는 게 어디 쉬운 일인가? 그릇이 크신 거지."

"아암. 그렇고말고. 나도 저 자리에 있었는데 정말 대단했다니까. 나도 모르게 눈물이 왈칵 쏟아지더라고. 실제로 공화국 병사들도 질질 짜기는 했었는데 아마 걔네들 같은 경우에는 나보다 더했겠지. 사실 이기영 명예추기경님의 몸에 베니고어 여신이 강림하신 것도 직접 봤었는데 말이야."

"정말인가?"

"그렇고말고! 여신의 거울로 보는 거랑은 상대도 안 된다니까? 손을 막! 한 번 슉 하니까 언데드 놈들이 막! 한 번에 허물어지고! 왼쪽 손을 한 번 더 휘두르니까 완전히 빛에 휩싸여서 펑퍼펑펑펑펑! 베니고어 여신께서 강림하신 것 말고도 그전에도 창을 들고 전장에 직접 뛰쳐나오셨다니까. 믿겨지나?"

"허……."

"아마 그렇게 할 수 있는 사람도 드물 거야. 실제로 그 악마소환사 놈은 끝까지 숨어 있다 끌려 나오지 않았는가. 쯧. 참 저분이 없었다면 어떻게 됐을지 끔찍하다니까 끔찍해. 지금까지 공화국 병사들과 치고받다가 결국……."

"그렇게 끝나면 다행이지. 아마 그 전장에서 살아 돌아올 수도 없었겠지. 아무튼 그래서…… 지금 명예추기경님은 뭘 하고 있는지 아는 사람 있나?"

당연히 닉에게로 시선이 집중된다. 녀석 역시 그 사실을 알고 있는지 잔에 들려 있는 물을 벌컥벌컥 들이켠 뒤에 천천히 입을 열기 시작했다.

"사실 이게 좀 말하기 힘든 내용인데……."

"그러지 말고 좀 알려주는 게 어떻겠나. 이렇게 내가 오늘 밥도 살 테니까."

"아마 곧 여신의 거울로 공식적인 내용을 전달받을 수 있을 텐데. 아니, 이건 여신의 거울로 전달받을 수 있는 내용은 아니지만……."

"우리가 몇 년 친구인지 잊은 건 아닐 거라고 믿네, 닉."

"큼. 이게 정말 말하기 힘든 내용이라…… 자네들이 제대로 입단속을 한다고 하면 시원하게 말해주겠네. 정말로 약속해야 하는 내용이야. 파란 길드에 김미영 팀장님의 특별 지시 사항이라 나도 어렵게 구한 정보라서."

"아암. 그렇고말고. 내 입을 꼭 다물고 있겠네. 그러니 좀……."

슬쩍 비어 있는 잔에 맥주를 채워주자 눈치를 살피며 입을 여는 녀석의 모습이 눈에 보였다.

"사실은…… 건강이 그리 좋지는 않으신 것 같더라고."
"뭐?"
"쉿."
"조용히 해. 마이클! 제기랄."
"아, 미안하네, 미안해. 너무 갑작스러워서……."
"생각해 보면 갑작스러운 일도 아니지. 어디 인간의 몸으로 신을 받아들이는 게 쉬운 일인가? 그분이 아무리 베니고어 여신님을 담을 그릇이라 하더라도 무리가 아예 없지는 않은 모양이야. 안 그래도 병상에서 일어나신 지 얼마 되지 않았고 몸 상태도 정상이 아니라고 했었으니까. 그나마 상태가 빠르게 호전되고는 있지만……."
"그게 사실인가?"
"사실이고말고. 저번 라이오스 때처럼 또 많은 이가 성 앞을 지키고 있지는 않을까 걱정하시는 것 같더라고……. 그렇게 우리를 위해 많은 것을 희생하셨으면서도 여전히 우리 같은 놈들을 신경 써주시고 계신 거지."
"허……."
"물론 대외적인 이유도 있고."
"대외적인 이유?"
"현재 그분이 평화의 상징 같은 게 아닌가. 사실상 전쟁을 완전히 종결시키는 데 가장 결정적인 역할을 하기도 했고 만약 그런 분께서 몸이 좋지 않다는 소식을 들으면 어떻겠어? 지금 논의되고 있는 이야기가 전부 뒤집힐까 걱정하시는 게 틀림없으신 거겠지."

"튜토리얼 던전들을 완전히 통합해 하나의 교육소로 운영한다는 거?"

"그것뿐만이 아니지. 공화국과의 동맹 문제나 대륙종전 선언문, 대륙평화협정, 새로운 이종족 차별금지법의 발의. 정치적, 경제적, 심지어 군사적으로 얽혀 있는 게 많아. 물론 나도 전부 알지는 못하지만 하나같이 다들 민감한 사안인데…… 안 좋은 몸을 이끌고 계속해서 대외활동을 하는 것 역시 그런 이유라고 하더라고. 뭐, 가슴 아픈 일이지. 측근들이 그만큼 도와주고는 있지만 그래도 모든 걸 직접 해결하셔야 속이 시원한 모양이야. 김미영 팀장님도 걱정이 이만저만이 아니거든. 파란 길드 내에서도 조금 만류하는 분위기이기는 한데 어디 그분 열정을 꺾을 수가 있겠는가. 최근에 잠깐 쉬게 된 것도 김현성 님의 부탁 때문이라고 그러더라고……."

"전쟁 영웅."

"그러고 보니 그분도 굉장했지. 그런 사람들이 한 명도 아니라 두 명이나 교국에 몸을 담고 있다는 것도 전부 다 복이야. 베니고어 여신님께서 복을 내려주신 거지."

"이건 조금 다른 이야긴데…… 혹시 진청에 대해서 새로 들어온 정보는 있나?"

"뭐, 그 개자식이야 매번 똑같지. 당장 목을 쳐도 시원치 않을 개자식. 어째서 그런 놈을 재판대에 올리는 건지 이해가 되지 않는단 말이야. 아직도 자기는 악마 소환사가 아니라고 울부짖고 있는데. 아, 지금 나오는구먼. 여신의 거울 좀 보게나."

-공화국의 큰 혼란에 빠뜨렸던 악마 소환사 진청의 재판이 가까이 다가오고 있는 가운데, 모든 이의 관심이 쏠려 있습니다. 린델방송의 김성경 기자가 전해드립니다. 김성경 기자?

-린델방송의 김성경 기자입니다. 지난 2일 공화국에서 악마 소환사 진청의 신병을 인도받은 교국의 이단 심문관 헬레나가 마를린 의원과 함께 마침내 수도로 도착했습니다. 전 대륙에 관심이 쏠려 있는 사건이었던 만큼 그 어느 때보다도 이곳에는 긴장감이 흐르고 있습니다. 교국이 자랑하는 신성기사단은 물론 이례적으로 교황 성하와 오스칼 님께서도 직접 자리한 모습입니다.

-나는 악마 소환사가 아니야. 나는 악마 소환사가 아니란 말이다. 꺼흐으윽. 이기영 이 개자식. 이기영!! 이기여어어어엉!!! 나는 악마 소환사가 아니란 말이다! 콜록! 네놈들은 속고 있다! 진짜 악마는 그 자식이야! 그 자식이 진짜 악마라고!

-입 막아!

-나는 악마 소환사가 아니란 말이다! 나는 언데드도 악마도 소환한 적이 없단 말이다……. 나는 아니야!! 콜록! 콜록!!

-일각에서는 곧바로 처형하는 것이 대륙의 안전을 꾀하는 일이 아니라고 주장하고 있지만 정확한 사건의 진상을 파악과 대륙에 뿌리내린 어둠의 세력에 대한 정보를 얻을 수도 있다는 것이 교국 이단 심문관의 입장입니다. 이번 사태의 심각성을 파악해 봤을 때 수사는 이단 심문관에서만 그치지 않고 여러 기관을 통한 다방면의 기관에서 조사가 이루어질 예정입니다. 공화국이 악마 소환사 진청에 대한 조사 협조를 최대한 지원한다고 약속한 가운데 모든 대륙의 관심이 귀추가 주목되고 있습니다. 지금까지 김성경 기자였습니다.

-네. 다음 소식입니다. 조금은 딱딱한 이야기로 마음이 무거우셨을 분들을 위한 소식입니다. 베스트셀러 천재 검사와 연금술사가…….

"저저…… 악마 소환사 저거!"

"저런 때려죽일 놈! 퉤!"

다음 소식이 미처 나오기도 전에 여기저기에서 고함과 함께 욕설이 들려오기 시작했다. 물론 그건 여기도 다르지 않다. 아마 모두가 똑같은 마음일 것이 분명. 표정 하나 바뀌지 않고 거짓말을 하는 모습에 기가 찬다는 반응이었다.

"저런 쓰레기 같은 새끼. 도대체 조사할 게 뭐가 있다는 거야! 당장 단두대에 올려 버려야 된다니까."

"쯧. 여신의 거울에 비친 얼굴 봤나. 눈깔도 아주 벌게져서는. 누구 하나 때려죽일 기세더구먼! 처음에 잡혀 올 때도 저런 모습이었다니까. 공화국 병사들한테 붙들린 채로 오는데 어찌나 소리를 지르던지. 지금에 와서야 하는 말이지만 등 뒤로 소름이 끼쳤다니까?"

"저놈뿐만이 아닌 게 더 문제지. 여기저기에 어둠의 세력들이 숨어 있다고 하지 않았나. 나도 마음 같아서는 당장 처형하는 데 한 손 보태고 싶지만, 여러 가지 정보를 알고 있을 가능성을 생각해 보면 번갯불에 콩 구워 먹듯이 처형할 수는 없지. 정확한 절차가 있어야 한다는 게 교국의 입장이기도 하고. 신성한 민주주의 혁명 때도 그랬으니까. 저런 쓰레기 같은 놈이라도 이기영 명예추기경님은 정당한 재판을 받게 하고 싶으신 거야. 그것도 모르고 저렇게 날뛰는 꼴이라니……."

"악마 소환사가 괜히 악마 소환사겠는가. 다 이유가 있어서 그런 거지. 아무튼 간에 내일은 다들……."

"아, 오랜만에 사냥이나 나가볼 생각이네. 몬스터 사냥도 게을리해서는 안 되는 일이니까. 전쟁이 길어져서 조금 개체 수가 늘기도 했고."

"사냥 나가기에는 몸이 조금 편치 않은 거 아닌가? 사울? 아직 상처도…….”

천천히 고개를 끄덕여본다.

“뭐, 그렇긴 하지. 사실 나 같은 놈이 열심히 해봤자 무슨 도움이 되겠느냐마는……. 그래도 언젠가 써먹을 때가 있지 않겠어. 조금 더 쉬고 싶기는 하지만 베니고어 여신님과 이기영 명예추기경이 해주신 말씀처럼 한 발 나아가야지. 명예추기경님도 쉬지 않고 있는데 나도 여기서 가만히 있을 수는 없지. 뭐, 그럼 먼저 일어나겠네. 좋은 이야기 고마웠네, 닉.”

“너무 무리하지는 말게. 사울.”

“응. 그래야지.”

천천히 주점의 문을 열자 익숙한 듯 익숙하지 않은 풍경이 눈에 들어온다. 전쟁이 끝나고 채 한 달도 지나지 않았지만 벌써부터 달라진 것들이 보였다. 엘프들과 드워프들이 거리를 거니는 광경은 아직도 적응되지 않을 정도. 다양한 건축물이나 달라진 분위기도 마찬가지다.

‘새로운 세상.’

그 생각 그대로.

“참 살기 좋은 세상이야.”

조용히 입꼬리가 올라가기 시작했다.

"참 살기 좋은 세상이야."

"역, 역시 그렇죠?"

"우둔살 살살 녹는다."

"사, 살, 살살 녹는다아. 헤헤헤힛."

"아, 이거 모이지 말라고 했는데 왜 또 모여서 이러고 있는 거야? 나 참."

조금 퉁명스레 말하기는 했지만 딱히 기분이 나쁘지는 않았다.

최고급 가죽으로 만들어진 의자에 앉아 밖을 바라보자 열심히 기도를 드리고 있는 시민들이 시야에 비치기 시작. 끝이 없는 인파는 라이오스 때와 엇비슷하거나 그 이상이라고 할 수 있을 정도였다.

만약 여건만 마련되었다면 린델 전체를 가득 채우고도 남았으리라.

린델뿐만이 아니다. 캐슬락, 다완, 실리아, 에베리아의 엘프와 드워프 왕국까지 상상 불가능할 정도의 인파가 모여 있다는 걸 생각하면 더욱더 그렇다. 심지어 아무 연관이 없는 왕국연합에서도 비슷한 상황이 연출되고 있단다.

라이오스 때처럼 죽음의 위기를 겪었다고 언론플레이를 한 것도 아닌데도 이 정도. 그만큼 내 이미지가 좋다는 뜻이었으니 보기 불편한 광경일 리가 없다.

'특히나 이번 건 더 좋았지.'

아직도 여신의 거울에선 이번 전쟁의 클라이맥스가 송출되는 중. 온몸이 빛에 휩싸인 한 인형이 팔을 휘두르자 수만의 언데드가 한꺼번에 허물어지는 광경은 기적이라 하기에 부족함이 없다. 아니, 어떻게 봐도 기적 그 자체.

그 이후 하나가 되어 나아가라는 메시지를 주신 베니고어 여신님의 모습은 감히 한낱 인간이 재단할 수 없을 정도로 신성한 모습이라 할 만했다. 나조차도 눈이 멀지는 않을까 걱정할 정도의 외관.

신에 대한 믿음으로 꽉 차 있는 교국 국민들이 이 현상을 어떻게 받아들일지에 대해서는 말이 필요 없는 게 당연지사.

만약 저런 걸 보고 사기라 지껄이는 인간이 있다면 길거리에서 돌을 맞아 죽어도 할 말이 없으리라.

'그렇고말고.'

어쩌면 돌에 맞아 죽는다는 것 정도로 끝나지 않을지도 모른다. 이 기적에 힘입어 얻은 것을 떠올린다면 더욱더 그렇다.

사실 이번 전쟁은 대륙에 커다란 상처를 남겼다. 많은 이가 죽거나 고통받았고, 심지어는 악마 소환사의 사악한 술수로 인해 죽어서도 편히 눈감지 못한 이들도 생겨났다.

저주받은 언데드가 대륙 전체에 안겨줬던 정신적인 충격은 이루 말할 수도 없을 정도.

많은 인적 피해와 물적 피해가 있었고 어떤 지역의 경우에는 복구 불가능하다 판단할 정도로 많은 피해를 입었다.

교국과 공화국의 전력은 이전과 비교했을 때 형편없을 정도로 깎여 나갔다. 생산 시설 자체가 망가진 지역이나 완전히 지형 자체가 바뀌어 버린 지역.

권위 있는 복원 마법사들과 고명한 전문가들은 마법이 있는 이 대륙을 기준으로도 전쟁 이전으로 돌아가기 위해선 몇십 년이 더 걸릴 수 있다고 판단했고, 가장 중요한 인적 피해 역시 만만치 않았다.

물론 이런저런 충격과 후유증이 있었기 때문에……. 결과적으로 대륙은 한 가지 가치를 향해 나아가게 됐다.

힘을 하나로 모으는 것. 이전까지 있었던 모든 경쟁과 대결의 역사를 벗어던지고 미래에 다가올 위협에 대비하기로 의견을 모은 것이다.

아직까지 여러 가지 협의할 문제가 남아 있기 때문에 공식적인 발표나 선언을 미루고 있었지만, 대륙의 모든 지도자가 한자리에 모이는 건 시간문제나 다름없어 보였다.

한 전쟁에서 일어난 기적이 대륙 전체를 뒤바꾸어버렸다.

이런 관점에서 생각해 보면 현재의 빛기영은 어떻게 봐도 대륙의 중심이나 다름없다.

여신 강림도 여신 강림이었지만 온몸을 바쳐 전쟁을 막았고 전후수습 역시 무척 훌륭했다.

공화국의 모든 병사를 용서한 것도 옳은 선택이었고 모두와 함께 나아가자 선언한 것도 옳은 선택이었다.

베니고어 여신의 재림.

베니고어 여신의 아들.

베니고어 여신의 대리자.

여러 가지 수식어가 함께하는 것으로 모자라 심지어 베니고어 여신님이 대륙을 구원하기 위해 내려주신 이라는 소문이 나돌 정도.

조금 오버하는 게 아니냐는 생각도 들지만 손짓으로 악마들을 쓸어버리는 모습을 보고 있자면 나 역시 같은 생각이 든다.

실제로 이쪽이 베니고어 여신의 가호를 받고 있는 것도 맞고 그녀와 소통하고 있는 것도 맞다. 재림이고 아들이고 현신이고 대리자고 반 정도는 맞는 이야기라는 거다.

덕분이라고 할 수 있겠지만 당연히 내 가치는 측정할 수 없을 정도로 떡상. 그야말로 수직상승이라는 말이 부족할 정도다.

기영 코인의 가치는 원래 높았지만 이번 일로 인해 단가가 더 높아졌다. 이 코인에 투자하지 못한 이들은 땅바닥을 치고 후회하고 있는 것은 당연지사. 그동안 조금이라도 나와 적대했던 모든 이가 선물 공세를 시작했다는 것이 그 증거라 할 수 있으리라.

괜스레 입꼬리를 올리며 실실 웃고 있었을 때 방문을 두드리는 소리가 들려왔다. 자연스럽게 고개를 돌리니 시야에 비치는 것은 제법 익숙한 얼굴.

한 손으로 안경을 올리며 인사를 하는 인형의 정체는 이쪽의 개인 비서. 물론 정확한 직책은 비서라고 하기에 힘들지만 최근 하는 역할이 그러니 그렇게 생각해도 상관없으리라.

"김미영 팀장님."

"아! 식사하시는 도중이셨군요. 죄송합니다."

"아뇨. 아뇨. 괜찮습니다. 거의 다 끝나기도 했고, 준비를 하지 못한 제 잘못입니다. 보다시피 여기에 앉아 있으면 누워서 바깥을 구경하는 것밖에 할 일이 없어서 말이죠. 아무튼 마침 잘 오셨습니다. 안 그래도 조금 심심하던 차였거든요. 뭐 새로 들어온 소식이라도 있습니까? 아니, 이후 일정은……."

"네."

"바로 말씀해 주셔도 됩니다."

"네, 부길드마스터. 일단 가벼운 소식부터…… 큼. 전해드리도록 하겠습니다. 공화국 의원들을 비롯한 대륙 각국의 귀족들이 보내온 선물 목록입니다. 현재 길드 하우스 창고에 보관 중이며 특이 사항으로는 공화국에서 보관하고 있었던 고대 연금 서적을 비롯한 촉매가 있습니다. 그 외 동부의원 연합 그리고 공화국의 총통께서도 개인적으로 쾌유를 빈다는 메시지와 함께 선물을 보내주셨습니다."

"아아. 그렇군요."

이래서 권력이 좋다.

"추가로 개인적으로 만나 뵙고 싶다고 청하기도 하셨지만……."

"아, 그건…… 그다지 내키지 않습니다. 현재로서는 움직이기 힘들뿐더러 다른 이들의 시선 때문에 행동하기가 조금 부담스럽습니다. 개인적인 만남은 제가 따로 연락을 드린다고 전해주세요."

"네. 그대로 전해드리도록 하겠습니다."

"기왕이면 잘 포장해서 부탁드립니다."

"네."

"추가로 오스칼 님께서도 직접 병문안을 오시고 싶다고……."

"음. 오스칼 님께도 굳이 찾아오지 않으셔도 된다고 전해주세요. 아마 한창 바쁘실 테니까요. 그러지 않아도 수도는 바로 들를 예정이니 그렇게 말씀 부탁드립니다. 그러고 보면 바젤 교황님도 뵈어야 하네요. 여러 가지로 궁금해하는 것도 많으실 테니……. 아! 그보다 길드원들은 조금 어떻습니까? 그러니까 덕구나 현성 씨나."

"박덕구 님은 병상에 계십니다. 치료에는 차도가 있는 것 같아 며칠 안에 회복하신다고는 하지만 현재까지는 의식을 회복하지 못하고 계십니다."

"으음. 그 발렌틴 알렉산드로 개자식은 아직 감옥에 있는 거죠?"

"네."

"이단 심문관 헬레나한테 특별히 잘 부탁한다고 전해주시고, 아니, 이건 제가 따로 연락을 드리는 게 좋겠네요. 뭐, 며칠 안으로 전부 회복된다고 하니 다행입니다. 그리고……."

"길드마스터 같은 경우에는……."

"네."

"최근 조금 생각하실 게 많은 것 같습니다. 창밖을 바라본다든가, 뭔가 고민하시고 계시는 게 눈에 보일 정도라……. 딱히 다른 말은 없으시지만 평소와 다른 건 분명합니다. 물론 걱정할 정도는 아니지만 언제 한번 부길드마스터께서 이야기를 꺼내보시는 것도 괜찮을 것 같습니다."

"흐음."

'이 새끼.'

사랑스러운 회귀자에 대한 보고에는 괜스레 팔걸이를 툭툭 두드릴 수밖에 없었다.

"그리고."

걱정 아닌 걱정이 샘솟았기 때문이다.

'다 끝났는데 도대체 뭐가 문제야.'

병문안 차 이곳에 왔을 때도 뭔가 분위기가 묘하기는 했지만 길드하우스에서도 비슷한 상태인 모양. 기분이 조금 찜찜할 수도 있겠다고 생각은 했지만 아직까지도 넋을 놓고 있었을 줄은 생각지 못했다.

김현성이 이번 전쟁에 대해 안 좋게 생각하고 있는 것은 아니다. 오히려 그 반대. 다른 건 몰라도 결과에 있어서는 굉장히 만족하는 모습을 보여주었다.

1회 차가 얼마나 개판인지는 알 수 없었지만 아마 녀석의 반응으로 추측하건대 이 시점까지 각 대륙의 세력들이 개싸움을 하고 있었을 것이다.

설마 그렇게 멍청한 짓을 했을 거라고는 생각하기 싫지만…… 심지어는 알 수 없는 위협이 터진 이후에도 개싸움을 하고 있었을 가능성도 크다.

작은 밥그릇 하나 더 차지하겠다고 피 터지게 싸우는 것으로 모자라 서로가 서로를 구렁텅이로 빠뜨리고 있었다는 거다.

'그렇게 생각하면 1회 차는 정말 지옥이었겠네.'

가면 쓰레기의 활약으로 막장으로 치달았던 1회 차와 비교한다면 현재는 환골탈태했다고 생각해도 무방할 정도.

조금 피해가 있기는 했지만 현 상황을 1회 차와 비교한다면 새 발의 피다. 전 대륙을 기준으로 생각해 보면 피해가 없는 것이나 마찬가지. 말하자면 대륙은 위협에 다가올 체력을 완전히 보존한 거나 다름없다.

어째서 녀석의 상태가 이상한지는 모르겠지만.

'진청이 가면 쓰레기가 아니라고 오해하는 건가?'

내 기준에서는 상당히 어렵기는 했지만 김현성이 느끼기에 진청이 제법 싱겁다고 느껴졌을 수도 있다고 생각했다.

과거에 녀석을 그렇게 괴롭혔던 가면 쓰레기가 자신은 악마 소환사가 아니라고 소리치며 추한 모습으로 잡혀 나오는 광경을 봤을 때 김현성이 어떤 감정을 느꼈을지 판단하기 무척 어렵다.

심지어 가면 쓰레기 진청은 아군 병력에게 붙들리면서 나왔다. 녀석에 대해 약간의 존경심을 가졌던 나 역시 그 모습을 보고 온갖 정이 다 떨어졌을 정도.

카리스마 넘치던 가면 쓰레기의 모습 대신 그 자리에 자리한 것은 단순히 악에 받친 찌질이 한 명이었다.

김현성이 그 순간 느낀 감정은 허무함일까 아니면 통쾌함일까. 녀석의 생각을 알 수가 없는 나로서는 판단하기 어렵다.

이유는 알 수 없지만 아무튼 녀석은 축 처진 상태. 언젠가 한번 멘탈을 다듬어 줘야겠다고 생각은 하지만 일이 산더미처럼 쌓인 지금은 그럴 시간도 부족하다.

'그나마 일을 해주긴 해서 다행이지.'

만약 그게 아니었다면 파란 길드원 전체가 힘들어졌으리라.

갑작스레 다른 생각을 하느라 팔걸이를 툭툭 건드리는 내 모습을 본 모양인지 김미영 팀장은 조용히 자리에서 나를 기다리는 중. 깜짝 놀라 입을 열자 조용히 미소 짓고 있는 모습이 시야에 비쳤다.

"……."

"……."

"아, 죄송합니다, 김미영 팀장님."

"아닙니다. 혹시 계속 말씀드려도……."

"네. 그렇게 해주셔도 됩니다."

"방금 바젤 교황께서도 한 번 뵙는다고 하셨던 일의 연장선입니다만."

"네. 일정은 최대한 빨리 잡아도 상관없을 것 같습니다. 아마…… 다음 주 내로 시간이 날 겁니다."

"실은 바젤 교황께서 급하게 찾으시는 일이 있습니다."

"네? 진청에게 무슨 문제라도 생긴 겁니까? 아니면 재판 일정을……."

"아뇨. 그런 것 때문이 아니라…… 그…… 뭐라 말씀드려야 좋을지 모르겠지만."

"네."

"베니고어 님의 여신상이 피눈물을 흘리고 있다고……."

"네?"

훈훈한 가운데 들려온 거지 같은 소식.

'이건 또 뭐야.'

이유는 모르겠지만 위에서 무언가 문제가 생긴 것 같았다.

'아, 얘는 또 왜 이래?'

갑작스레 머리가 아파 오기 시작했다.

117장
위쪽에서 생긴 문제

'시발. 이거 괜히 불안한데.'

본래 익숙하지 않은 상황은 반갑지 않게 마련. 초조한 마음에 허벅지를 툭툭 두드리며 입을 열자 곧바로 대답해 오는 김미영 팀장의 얼굴을 확인할 수 있었다.

"피눈물 말입니까?"

"네. 정확한 이유와 원인은 현재 교황청에서도 조사하고 있는 도중이라 전해 들었습니다. 아직 대외적으로는 알리지 않은 내용이기도 합니다. 교국민들의 혼란을 고려해 보면 그게 당연합니다만……."

"공식적으로 발표할 수 있는 시기와 타이밍이 아니긴 하죠. 아니, 그런 내용이라면 어떻게 이야기할 수도 없을 겁니다."

"네. 몸이 불편하신 건 알고 있지만 바젤 교황께서 하루라도 빨리 수도로 오시길 바라셨습니다. 기왕이면 오늘 내로……."

"끄응."

"내키지 않으시다면 제가 말씀을 따로 드려……."

"아뇨. 그것 때문이 아닙니다. 그 때문이 아니에요. 내키지 않는 게 아닙니다."

'가기는 가 봐야 돼.'

다른 사람도 아니고 바젤 교황의 부탁이다. 다른 일도 아니도 베니고어 교단의 일이다. 내가 가 보지 않는 것이 이상하리라. 아파 뒈지는 한이 있어도 이런 자리는 무조건 참석해야 한다.

다른 일이라면 가볍게 무시할 수도 있지만 내가 가진 권력의 대부분이 여기에서 나온다는 걸 생각해 보면 뺄 수 있을 리가 만무.

문제는 상황이 보통 심각한 게 아니라는 것. 별거 아닌 괴기 현상으로 취급하기에는 사안이 너무나도 무겁다. 특히나 교국에서는 더욱더 그렇다.

'왜 갑자기 피눈물을 흘리고 난린데. 슈발.'

심지어 여신상에 그런 이상 현상이 생길 수 있다는 것조차도 알지 못했다. 어째서 그동안은 이런 수단을 사용하지 않은 건지 통탄스러울 지경. 어떻게 봐도 불길한 징조다.

교황청에서 딱히 다른 리액션이 나오고 있지 않은 이유는 교국민들의 혼란을 막기 위한 것. 그 이상도 그 이하도 아니리라. 만약 이게 대외적으로 잘못 전파됐을 때의 혼란은 이전과는 비교도 할 수 없을 정도일 터.

'안은 이미 지옥이겠지.'

성정이 화끈하신 바젤 교황의 성격으로 미루어 봤을 때, 아마 내부 분위기는 지옥 그 자체일 터. 나에게만은 친절한 우리의 바젤 교황님이 한 번 야마가 돌면 무슨 일이 일어나는지 잘 알고 있는 만큼 한차례 침을 삼켜 넘길 수밖에 없었다.

사실 기본적으로 아무 문제도 없을 거라는 생각이 들기는 했다. 원래 신이라는 족속들은 조금 째째한 면도 있고 간혹 이상한 짓을 하기도 하니까. 이를테면 엘룬 쓰레기처럼.

하지만 최근에 꽤나 커다란 컬 터뜨렸다는 걸 스스로도 알고 있는 만큼 조금은 조심스러울 수밖에 없다. 도둑이 제 발 저리는 것과 비슷한 상황이라 할 수 있으리라.

물론 난 도둑이 아니다. 하지만.

'만에 하나라는 게 있으니까.'

그럴 일은 없겠지만 만약에. 그러니까 아주 만약에…… 여신 강림이 개구라라는 사실이 밝혀졌을 경우.

'망할 수도 있어.'

지금까지 쌓아왔던 모든 게 우르르 무너질 수도 있다.

조금 이른 생각이기는 하지만 교황청 쪽에서 먼저 눈치를 까고 나에 대한 조사를 시작하려고 할 수도 있다는 생각도 든다.

여신상이 눈물을 흘린다는 것도 전부 이쪽을 심문하기 위한 개수작. 물론 이 경우는 그리 심각한 사안이라고 볼 수는 없다. 베니고어를 통해 다시금 나의 순결함과 순수함, 신성함을 증명할 수 있으니까.

조금 짜증 나는 경우는 이보다 조금 더 발전한 경우.

'베니고어가 뒤통수 치려고 준비하고 있는 건 아니겠지.'

베니고어가 본격적으로 이쪽의 통수를 후려치려는 경우다.

교황청에 있는 수많은 사제 중, 베니고어의 목소리를 들을 수 있는 이가 한 명도 없다는 건 어떻게 생각해도 비약.

누구 하나는 분명히 그녀의 목소리를 들었을 거고 석상 피눈물을 신호탄으로 이쪽에게 물을 먹이려는 수작질을 설계하고 있을 가능성도 있다.

1회 차 때 내가 조금, 아주 약간, 그러니까 미세먼지 정도로 대륙의 안 좋은 영향을 끼쳤다는 걸 생각해 보면 더욱더 그렇다.

현재 대륙에는 안정이 찾아왔고 신의 아들딸들은 발돋움할 준비를 마쳤다. 위험요소라고 생각되는 나를 잡아 족쳐도 이상한 타이밍은 아니라는 거다. 사냥이 끝난 개는 잡아먹힌다는 옛 사자성어가 떠오른 것은 당연지사.

내가 방심한 사이를 틈타 위쪽에서 이쪽을 제거하려는 움직임을 보일지도 모른다.

'이건 너무 간 건가.'

하지만 가능성이 아예 없지는 않다.

'그래도 내가 해준 게 얼만데. 이딴 식으로 나오면 안 되지. 시발, 더러운 새끼들…….'

세계를 구한 것도 여러 번, 사랑스러운 회귀자를 물심양면으로 도운 것은 물론 인류를 하나로 만드는 데 일조했다.

엘룬 쓰레기가 버린 딸을 받아줬고 바리안이 싸놓은 똥까지 훌륭하게 처리했다.

그게 어디 보통 똥인가. 다른 사람이었다면 건드리려 하지도 않았으리라.

베니고어 여신의 교도들에게 더욱 강한 믿음을 심어줬고 가장 강한 교단을 만드는 데 커다란 손을 보탰다.

신성한 민주주의로 그녀의 이름을 드높였으며 사악한 언데드들을 처리해 신의 위엄을 공고히 세웠다.

그것뿐만이 아니다. 빛의 이름으로 악마까지 처단하고 라이오스의 국민들까지 위기에서 구해냈다.

박물관에 있는 고대 신을 재봉인했으며 대륙의 미래에 위협이 되는 온갖 요소들을 사전에 처리해 미래에 대한 리스크를 줄였다.

혜자 중의 혜자. 이런 혜자도 없을 거라 단언할 수 있다.

'그런 나를 이제 와서 쳐내겠다고? 말도 안 되지. 이게 진짜

면 말도 안 되지. 신의 탈을 쓰고 그렇게 할 리가 없지.'

악마 72군단 벨리알도 그렇게까지 나를 대우하진 않을 것이다. 선물을 줬으면 줬지 이런 대우는 말도 안 된다. 정식으로 항의해도 모자랄 지경. 아니, 정말로 녀석들이 악마도 하지 못할 생각을 하는 거라면 지금의 결심을 전력으로 후회하게 만들어줄 준비가 되어 있다.

'내 말 들려? 나를 정말 이렇게 내 치겠다고? 이 새끼들아? 내 말 들리냐고. 만약에 등 돌리면 너네랑 나 전부 다 뒈지는 거야. 알아들어?'

정말로 그렇다.

'김현성이 너희 편일 것 같아?'

하지만 하늘에서 목소리는 들려오지 않는다. 초조해지지는 않았지만 갑작스레 기분이 나빠지기 시작. 김현성이 갑자기 커다란 생각에 빠진 것도 혹시나 나에 대한 소식을 전해 들은 것은 아닌가 하는 생각도 든다.

'이 개 같은 악마 놈들. 이딴 식으로 나온다, 이거지.'

혹시나 잠깐 동안 이쪽의 모니터링을 놓친 것은 아닐까 하는 생각이 들기는 했지만, 몇 분이나 지났는데도 강제 퀘스트가 생성되지 않는 걸 보면 문제가 생긴 것이 분명하다.

아까는 단순한 의혹이었지만 의심이 점점 더 확산되기 시작했다.

계속해서 테이블을 두드리며 하늘에서 내려올 퀘스트를 기다려봤지만 아직까지도 소식이 없다.

가능성은 두 가지. 위에 뭔가 문제가 생겼든가, 방금 했던 생각처럼 정말로 이쪽을 토사구팽하려고 준비 중이든가.

만약 전자라면 가벼운 해프닝으로 끝나겠지만 정말로 놈들이 후자를 선택한 것이라면 그 선택이 얼마나 거지 같은 선택인지 전력으로 부정해 줄 것이다.

천천히 자리에서 일어났다. 조금은 멍한 표정으로 나를 바라보고 있던 김미영 팀장은 깜짝 놀란 목소리로 나를 불렀다.

"부길드마스터?"

"아무래도 수도로 가보는 게 좋을 것 같습니다."

"네. 준비하도록 하겠습니다. 일정은 어떻게 준비해 드리는 게……."

"오늘 저녁에는 떠날 수 있도록 부탁드립니다. 조금 급하게 움직이는 감이 없지 않지만 그만큼 시급한 사안이니까요. 아무래도 정말 교단에 문제가 있기는 있는 것 같습니다."

"함께 가실 수행원으로는……."

"수행원으로는 정하안과 박덕…… 아니, 조혜진을 데리고 가도록 하겠습니다. 추가로 카스가노 유노와 희라 누나에게도 연락을 넣어주세요. 팀장님. 그리고…… 디아루기아와……."

"엘레나 양에게도 연락을 넣는 게 좋을까요?"

"지금 린델에 있습니까?"

"네. 어제 파란 길드 입단서를 수리했고 오늘부로 정식으로 파란 길드원입니다. 직책은 아직 정해지지 않았지만……."

"잘됐군요."

"전부 함께 수도로 향하시는 겁니까?"

"네. 일단은 그렇습니다. 그리고 음…… 네. 검은 백조 길드를 비롯한 린델 내 길드에는 제가 지금 써드릴 서신을 보내주시고…… 아. 잠깐만 기다려 주세요. 금방 끝날 겁니다. 그리고…… 엘프와 드워프들에게는 이 서신을 부탁드립니다. 한소라 씨에게는 이걸 따로 전해주시면 됩니다."

"네."

"그리고 지금 써드리는 서신 역시 수도에 도착한 이후, 사건이 터진다면 곧바로 여신의 거울을 통해 대륙에 퍼뜨려 주시면 됩니다, 팀장님."

"부길드마스터, 죄송합니다만 사건이라는 건……."

"만약 정말로 사건이 터진다면 자연스럽게 알게 될 겁니다. 만약 아무 일도 일어나지 않으면 받으신 건 곧바로 파기하시면 될 것 같습니다…… 어디까지나 만약을 위한 일이니 크게 신경 쓰지 않으셔도 됩니다. 그리고 디아루기아의 둥지로 제가 적어드리는 물품들을 넣어주시고요. 은밀하면 은밀할수록 좋습니다. 당연하지만 제가 지금 말씀드린 것들은 보안입니다.

밖으로 나가면 입 밖으로 내지도 티를 내지도 마세요. 팀장님."

"무, 물론입니다, 부길드마스터. 하, 한데…… 이건 그…… 혹시……."

"김미영 팀장님이 뭘 상상하시는지는 예상이 갑니다만…… 하하. 걱정하지 않으셔도 될 것 같습니다. 어디까지나 만약을 위해 준비하는 일이니까요. 네. 만약을 위해서요."

"그, 그럼 지금 바로 처리할 수 있도록 하겠습니다. 부길드마스터."

"잘 부탁드립니다, 김미영 팀장님."

"예."

고개를 끄덕이며 밖으로 나서는 김미영 팀장의 뒷모습을 바라보자 괜스레 든든해진다.

'능력 있는 사람을 밑에 둔다는 건 좋아.'

단언컨대 나보다 몇 배는 똑똑한 사람일 것이다.

처음 들어와서 일이 잘 풀리지 않은 이유는 어디까지나 운이 없어서였을 거라고 생각했다. 아니면 조금 덜 이기적이었든가.

만약 김미영 팀장이 없었다면 파란에서의 생활이 몇 배는 더 힘들어졌으리라.

괜스레 그녀의 뒷모습을 바라보며 다시 한번 생각을 정리하는 것은 순식간.

'지혜 누나한테는 미리 알리는 게 좋을까.'

만약 거짓된 신 베니고어와의 관계가 틀어진다면 시작될 깽판에 중추적인 역할을 할 수 있는 사람 중 한 명이다.

'그리고 현성이도…….'

이지혜도 이지혜지만 사랑스러운 회귀자를 꼬시는 것 또한 급선무. 이쪽은 조금 다루기 어렵겠지만 지금까지 쌓아온 신뢰를 바탕으로 충분히 넘어오게 할 수 있다.

이번에 교단으로 함께 데려가는 건 조금 애매하기는 하지만.

'지속적인 관리와 케어가 필요하니까.'

물론 이 모든 게 내 망상일 수도 있지만 만에 하나 진실일 경우를 고려하면 수백, 아니, 수천 번을 대비해도 부족함이 없다.

이용하고 버릴지언정 이용당하고 버림받는 건 빛기영 사전에 존재하지 않는다.

타락해 버린 여신 베니고어와 그를 따르는 쓰레기 일당들에게 언제든지 빛의 철퇴를 먹여줄 준비를 해야 한다.

[일반 등급의 강제 퀘스트가 발동합니다.]

[아니, 아니야. 이거 오해야…… 그러니까. 전부 설명할 수…… 있…… 오해! 베니고어 님! 말 좀!! 안 돼!!! 오해라…….(0/1)]

[알 수 없는 이유로 일반 등급의 강제 퀘스트가 취소됩니다.]

[알 수 없는 이유로 퀘스트 생성이 중단됩니다.]

"타락한 신에게는 빛의 철퇴를."

어김없이 퍼부어줄 수 있다. 뭔가 메시지가 뜬 것 같기는 했지만 당연히 신경 쓸 여유는 없다.

이미 마음속에서는 의심의 씨앗이 싹을 튼 것으로도 모자라 꽃봉오리가 맺혔다. 지금 와서 내 사고를 막아보려고 한들, 말릴 수 있는 상황이 아니라는 거다.

백번 양보해 아주 약간은 의심의 시선을 거둘 수 있지만 준비하고 있는 걸 캔슬할 정도로 착해빠지진 않다.

'내가 그 정도로 멍청할 것 같아?'

내가 이 눈으로 직접 확인하기 전까지는 아무것도 믿을 수 없는 것이 당연.

이 메시지는 일방적으로 들려온 메시지다. 누가 보내온 건지도 모를 퀘스트. 심지어 이제는 알 수 없는 이유로 퀘스트 생성을 중단한단다. 신뢰도가 떨어지는 게 당연했다.

[알 수 없는 이유로 일시적으로 퀘스트 생성이 중단됩니다.]

'알 수 없는 이유는 개뿔…….'

어쩌면 문제가 생겼다고 연막을 친 이후에 뒤통수를 후려치려는 생각을 하고 있을지도 모른다.

베니고어는 모르겠지만 엘룬 쓰레기라면 충분히 가능한 행동. 자신만을 믿고 자신만을 위해 사는 엘레나를 과감하게 버린 걸 보면 베니고어가 나를 버리는 장면도 이상하게 느껴지지 않는다.

어차피 그 나물에 그 밥이다. 애초부터 이 타락한 신들에게 인정과 의리는 없다. 자기 자신의 탐욕과 이득을 위해서라면 아들딸들의 뒤통수를 칠 준비가 되어 있는 못된 부모들.

'가시는 길 편하게 보내드리겠습니다.'

고려장이라는 잘못된 풍습을 혐오했던 나지만 이번만큼은 지게에 베니고어를 싣고 산으로 올라갈 마음을 먹을 수밖에 없었다.

물론 그렇게 하기 위해선 치밀한 계획이 필요하다. 아직까지 실행 버튼을 누르지는 않았지만 만약을 위한 안전장치도 불안한 것이 사실.

상대가 타락한 신이라는 걸 생각해 보면 아직도 부족하다. 이지혜에게 따로 넣을 매뉴얼을 작성하며 가지고 있는 물품을 점검하는 것은 순식간. 일단은 나 자신이 스스로의 몸을 지킬 수 있어야 했기 때문이다.

강제 각성의 후유증으로 조용해진 율리에나와 갖가지 효능을 가지고 있는 포션들, 전설 등급의 방패 아이기스를 장착하는 것은 물론 혹시 모를 상황을 대비해 무장 상태를 점검하기 시작했다.

겉모습은 마치 원정이라도 떠나는 모양새. 단순히 수도에 다녀온다고 하기에는 과하지만 그제야 조금은 안심이 되었다. 나도 어느새 현지인이 다 된 것 같다는 생각이 들 정도.

조용히 내 모습을 바라보고 있을 때 다시 한번 방문을 두드리는 소리가 들려오기 시작했다. 누구인지는 뻔할 뻔 자. 활짝 웃으며 문을 열자 익숙한 얼굴이 시야에 비쳤다.

"하얀아?"

"오빠, 부르셨어요?"

"아, 잠깐 기다려. 곧 나갈 테니까. 이야기는 들었어?"

"네. 수, 수도로 가신다고요. 급한 일이 생기셨다고……."

"응. 다른 사람들도 다 같이 가게 됐는데. 괜찮은 거지?"

"네. 무, 물론이죠."

"희라 누나도 같이 갈 거야. 엘레나와 혜진 씨도."

"……."

조금은 뾰로통한 얼굴. 인선에 대해서는 이미 전해 들었겠지만 막상 내 입으로 다시 들으니 기분이 나빠진 모양이다.

"크게 신경 쓰지 마. 일이 있어서 그런 거니까."

"네……."

"내가 가장 좋아하는 사람이 누구게."

"아!"

팔을 살짝 벌리자 조용히 안기는 모습이 시야에 비쳤다. 스스로가 내뱉은 오글거리는 대사에 닭살이 돋아나기는 했지만 받는 대상은 저런 대사를 즐긴다.

고객에 입맛에 맞추며 목줄을 채워두는 게 중요하다. 정하얀 역시 주요인물로 분류할 수 있는 사람 중 하나였으니까.

김현성과 마찬가지. 대체 불가능한 압도적인 재능을 가진 마법사 정하얀은 인간들도 모자라 신들도 탐내는 종류의 인간이다.

본래 잘 케어하고 있지만 이런 상황일수록 어루만져주는 게 중요하다고 생각할 수밖에 없었다.

맡은 바 임무도 잘해주고 있고 결혼이라는 안정제로 분노조절을 완화해 주고 있는 지금 정하얀의 상태는 최상이라고 해도 부족함이 없다.

최근에는 바닥을 쳤던 자존감 역시 하늘을 뚫을 정도로 올라가고 있는 상태. 어마어마하게 강해지기도 했고 프러포즈를 받음으로써 달라진 뉴타입 정하얀은 내가 다른 이들과 대화를 나누는 걸 참을 수 있을 정도로 성장했다.

목숨을 걸고 얻은 결과가 겨우 이 정도라 생각하면 조금 씁쓸하기는 했지만 이런 심적 안정이 얼마나 그리웠는지 모른다.

서론이 길기는 했지만 여기서 중요한 것은 현 정하얀의 정신 상태는 굉장히 안정되어 있다는 거다.

"그런데 갑자기 무, 무슨 일이에요? 조금 더 푹 쉬셔도 조, 좋을 텐데. 계속 누워계시지 않고……."

"교단에 문제가 생긴 것 같아서. 크게 중요한 일은 아닌 것 같은데, 어떤 사고가 생길지 모르니까. 그보다 엘레나는 같이 안 왔어?"

"혜진 씨랑 밖에서 준비하고 있어요. 떠날 준비요. 이, 일주일은 있는다고 하셨으니까. 길드 직원들도 짐을 챙기고 있고요. 그, 그럼 오빠. 수도로 가시면 교단에서 주무시는 건가요?"

"응. 아마 그렇게 될 것 같아. 아니면 따로 건물을 빌릴 수도 있을 것 같고. 상황에 따라 달라질 거야. 일단 우리도 밖으로 나갈까?"

어째서 내 잠자리가 중요 요소인지는 모르겠지만 교단에서 자는 걸 그리 반기지는 않는 모양. 이런 종류의 냄새는 동물적으로 캐치하는 만큼 뭔가 불길한 걸 느꼈을 수도 있다고 생각했다.

슬쩍 정하얀을 바라보자 아니나 다를까 한쪽 팔을 꽉 잡는다. 절대로 떨어지지 않겠다는 의지가 느껴져 조금은 민망했지만 잠자코 발을 옮길 수밖에 없었다. 어차피 내가 눈치를 준다고 한들 절대로 떨어지지 않을 테니까.

이윽고 한 걸음 한 걸음 내딛자 금방 길드의 그리폰 이륙장이 그 모습을 드러냈다.

시야에 비친 것은 둘. 그리폰들을 사육장에서 꺼내고 있는 조혜진과 그 모습을 몇 발자국 뒤에서 바라보고 있는 엘레나.

내가 있는 곳을 바라보고 활짝 웃으며 손을 흔들고 있었던 엘프는 옆에 착 달라붙어 있는 정하얀을 보고는 표정을 굳혔고 조혜진은 평소대로 고개를 꾸벅이는 것으로 인사를 대신했다.

'나 참…….'

무언가 아련해 보이는 표정의 엘레나의 얼굴이 보인다. 입술을 꽉 깨문 것이 혹시라도 폭발하지 않을까 무섭다.

기본적으로 마음이 약한 엘레나가 (구)정하얀 같은 행동을 보이지는 않을 거라 판단하고 있지만 혹시나 이쪽이 모르고 있는 모습이 있을 수도 있다고 생각했다.

에베리아 왕국의 반대를 뚫고 나와 이곳에 있는 게 증거 아닌 증거. 사실 그녀도 내 동료라고 할 수 있는 몸이다.

지금 당장은 아무것도 모른 채 하하 호호 웃고 있지만, 실상은 타락한 신들에게 버림받은 선배. 하늘을 향해 원망이라는 탄도를 발사할 준비를 마친 대포동 미사일이나 다름없다.

이후 언론플레이에서도 커다란 활약을 보여줄 수도 있는 만큼 각별한 관리와 취급을 요하고 있는 상태.

살짝 웃으며 손을 흔들자 침울한 미소를 지으며 인사를 해오는 모습이 보였다. 저 처량한 모습이 엘룬 쓰레기에게 버림받아 생긴 결과물이라 생각하자 다시 한번 하늘 위의 존재에 대한 적개심이 피어올라 왔다.

'저렇게 여리고 여린 엘프를…….'

입술이 꽉 닫아버린 것은 당연지사. 내 생각을 아는지 모르는지 엘레나는 쭈뼛거리며 인사를 건네온다.

"부…… 길드마스터라고 부르면 되는 건가요?"

"아닙니다, 엘레나 님. 그렇게 딱딱하게 부르실 필요 없습니다. 하하."

"아……."

"길드의 일원이신 건 맞지만 아무래도 엘레나 님의 신분이 신분인 만큼 일반적인 길드원으로 다루기가……."

"그렇게 특별 대우 해주실 필요는 없습니다. 부디……."

"아니요. 특별 대우를 해드리는 것이 아닙니다. 파란은 그렇게 딱딱하지 않을뿐더러…… 개인적인 친분도 있으니까요. 저도 다른 파티원들과 현성 씨에게 의식적으로라도 딱딱해지지 않으려 노력하고 있습니다. 엘레나 님도 평소대로 행동해 주시면 됩니다. 아무튼 조금 늦었지만 파란 길드에 오신 것을 환영합니다, 엘레나 님. 앞으로 잘 부탁드립니다."

"아뇨. 제가 드려야 하는 말씀인 걸요. 잘 부탁드려요, 이기영 님. 그…… 리고 정하얀 님도요."

"네, 네……. 저도 잘…… 부탁드립니다. 그, 그, 그리고 파란에 오신 것을 환영해요."

"감사합니다."

"출발 준비는 끝났습니까? 혜진 씨?"

"네, 부길드마스터. 차희라 님이 도착하시면 곧바로 출발해도 될 것 같습니다. 디아루기아 님은 이후에 합류하기로 하셨고 카스가노 유노 님도 수도에서 뵙는다고……."

"아, 그렇군요. 고생하셨습니다."

"당연히 해야 할 일입니다."

일 처리 빨라서 좋긴 하다.

희라 누나도 함께 간다는 건 환호성을 지를 만한 소식. 잠깐 그녀에 대해 떠올리자 곧바로 한쪽에서 붉은 머리를 한 인형이 모습을 드러내기 시작했다.

붉은 용병의 수행원을 몇몇 데리고 있는 모습은 확실히 평소대로의 그녀의 모습이 맞다.

"오랜만이네, 자기. 아니, 오랜만이라고 하면 안 되는구나. 며칠 전에도 봤으니까."

전쟁이 끝난 이후 곧바로 이야기를 나눈 적도 있었지만, 왠지 모르게 그녀를 오랜만에 마주하는 것 같은 느낌이 든다. 평소답게 푸석푸석한 머리가 정돈되지 않은 듯한 느낌은 왠지 모르게 갈기가 빨간 사자를 떠올리게 할 정도.

조금 달랐던 건 눈 밑에 다크서클이 퀭하게 져 있다는 것.

"어디 아파?"

"욕구불만."

"……."

"……."

"신경 쓸 정도는 아니야. 자기도 알다시피 조금 오랫동안 미쳐 있었거든. 그 후유증이라고 보면 돼. 이렇게 오랫동안 정신을 놓고 있었던 건 정말 오랜만이기도 하고, 최근에는 점점 더 심해지는 것 같은 느낌이라. 아직도 적응이 안 된다니까? 제기랄. 숙취에 시달리는 것보다 10배는 더 괴로워. 그걸 입는 게 아니었는데."

"광전사 세트?"

"봤어?"

"아니. 직접 보지는 못하고 이야기만 들었지. 갑옷도 걸치고 무기도 들고 있었다고. 그거 전설 등급 아이템이야?"

"맞아."

"한번 보고 싶은데."

"정말로 보고 싶어?"

"아니……."

"잘 생각했어. 나도 별로 보여주고 싶지 않거든. 그보다…… 이렇게 옹기종기 다 불러 모은 이유는 뭐야? 피크닉 가기에는 무장 상태도 제법 훌륭한데. 수도 안에 던전이라도 발견됐어?"

"아니. 그런 건 아닌데. 그냥 준비성이 철저한 거라고 생각해 줘."

"뭐. 자기가 다 알아서 잘하겠지만 흠……. 기왕 가는 김에 이번에는 느긋하게 쉬다 왔으면 좋겠는데. 말 그대로 느긋하게. 그렇지 않아, 자기?"

힘없이 웃으면서도 이쪽을 바라보는 모습이 왠지 모르게 무섭게 느껴진다.

대놓고 이쪽을 위협하고 있는 것은 아니었지만 육식동물 앞에 초식동물이 된 느낌. 아니, 기분 탓이 아니다. 머리끝부터 발끝까지 나를 한차례 살피는 모습이 먹이를 노리는 맹수나 다름없었다.

정하얀이 내 옷깃을 꽉 잡은 것은 바로 그때.

'너네…… 또 그러지 마.'

이 사람들이 부딪치면 일이 어떻게 되는지는 그 누구보다도 내가 제일 잘 알고 있다. 저번에야 어떻게 잘 끝났지만 이번에도 그렇게 잘 끝나리라는 보장은 없다. 결국에는 천천히 입을 열 수밖에 없었다.

"느긋하게 쉬는 건 중요하지. 아, 시간이 벌써 이렇게 됐네. 그리폰에 올라타자. 누나랑 하얀이랑 엘레나 님이랑 같이 타고, 나는 혜진 씨랑 타는 게 좋을 것 같네. 그렇지? 그렇지 않습니까? 혜진 씨?"

"……."

"……."

"……."

"자. 그럼 빨리 올라오세요, 혜진 씨."

"……."

"빨리요."

"불쾌합니다, 부길드마스터."

"저도 마찬가지니까 어서 타기나 해요."

순식간에 자리를 잡은 이후, 조혜진의 등을 꼭 붙든 것은 당연.

세 명의 여인들은 조금 당황스럽다는 표정을 보내고 있지만 다행히 질투하는 모습을 보내오지는 않았다. 다만 저들이 함께 그리폰에 타고 있는 모습을 보고서는 저 자리에 있는 게 내가 아니라 다행이라 생각했다.

"너무 꽉 붙잡지 마세요, 부길드마스터. 정말로 불쾌합니다."

물론 다른 의미로는 조금 상처받고 있었지만 말이다.

눈길을 사로잡는 풍경도 매번 보다 보면 질리게 마련. 수도로 가는 광경이 딱 그랬다. 산과 도시, 산과 마을, 산과 강, 끊임없이 펼쳐져 있는 풍경은 아름답기보다는 물린다. 수도로 도착했을 때 봤던 광경이 더 훈훈하게 느껴질 정도였으니 다른 표현이 필요 없으리라.

"명예추기경님!"

"여신님의 대리자!"

"베니고어 여신의 축복을!"

멀리서 환호를 보내고 있는 교국민들에게 손을 흔들어 준 것은 당연지사.

입구에서 내려 한 명 한 명 손이라도 잡아주고 싶었지만 그렇게 할 수 없는 게 조금 아쉬울 지경이었다. 서둘러 움직일 수밖에 없는 현 상황이 괜스레 아쉬워졌다.

"꽉 잡으세요. 곧 도착입니다."

"네, 혜진 씨."

"너무 꽉 잡으시면 부담스럽습니다. 과한 신체적 접촉은 최대한 지양해 주세요."

'어쩌라는 거야.'

"죄송합니다."

"……."

"……."

아쉬운 맘을 품은 채 그리폰이 착륙한 곳은 구 황성, 현재는 교국의 지도자 오스칼이 기거하고 있는 장소였다. 벌써부터 마중 나와 있는 이들의 얼굴이 눈에 보였다.

카트린 의원과 엘리제 의원. 마를린과 오스칼을 비롯한 소중한 아군 여러분.

이런 표현이 맞는진 모르겠지만 이기영 명예추기경의 사교계 복귀 같은 느낌.

실리아에서 한발 먼저 출발해 도착해 있는 카스가노 유노도 보였고 그 외에 자리 잡은 소중한 인맥들이 시야에 비친다.

"명예추기경님."

"오랜만입니다, 오스칼 님. 이렇게 마중 나오지 않으셔도 되는데……."

"아닙니다. 당연히 마중 나와야지요. 대륙을 구한 영웅이시니까요. 몸은 괜찮으신 겁니까?"

"완전히 회복되었다고 하기엔 무리가 있지만 움직이지 못할 정도는 아닙니다. 늦게 찾아뵙게 되어 죄송합니다."

"아니요. 그렇게 말씀하시니 도리어 제가 죄송합니다. 차라도 먼저 대접해 드리고 싶지만……."

"일이 끝난 이후에 들리겠습니다."

구 아리스 시녀, 현 오스칼의 얼굴이 눈에 띄게 밝아지는 게 보였다. 일이 끝난 이후 한번 들르겠다는 말이 제법 달콤하게 들렸던 모양.

'얘도 여전하네.'

남자처럼 짧았던 머리가 어느새 조금 길어 단발이 되었다.

차를 대접하고 싶다는 말이 단순한 접대용 멘트가 아니라는 걸 알고 있기 때문에 한껏 미소가 지어졌다.

만약 일이 터진다면 황성 쪽에서도 주도적으로 움직임을 취해줘야 하는 만큼 미리미리 좋은 인상을 심어주는 게 중요하다.

'사실 그렇게까지 할 필요도 없지만…….'

그만큼 오스칼과 이쪽은 돈독하다. 애초에 그녀를 저 자리에 올려놓은 게 나라는 걸 생각해 보면 당연한 일.

물론 나와 사이가 좋은 관계를 유지하고 있는 건 그녀뿐만이 아니다.

"카트린 의원님. 그리고…… 엘리제 의원님. 마를린 영애도 오랜만입니다."

"시간이 지날수록 점점 더 얼굴 보기가 힘들어지는 것 같네요. 명예추기경님은. 후훗."

"하하. 농담에 뼈가 있는 것 같습니다, 카트린 의원님. 자주 찾아뵙지 못해 죄송합니다. 아시다시피 최근 시간이 없었던 터라……."

"뼈가 있다니요. 명예추기경님이 교국을 위해 큰일을 해주시고 있다는 걸 그 누구보다도 저희가 잘 알고 있답니다. 그리운 마음에 한 실언이라고 생각해 주셨으면 좋겠어요. 그만큼 뵙고 싶었으니까요."

"저도 여러분과 함께하는 티타임이 얼마나 그리웠는지 모릅니다. 병상에 누워 있는 동안에도 얼마나 생각이 나던지."

"정말인가요? 명예추기경님?"

"네, 마를린 영애. 정말이고말고요."

"아마 그건 마를린 의원도 마찬가지일 거예요, 명예추기경님. 저희와 만날 때마다 명예추기경님에 대한 이야기를 얼마나 많이 하는지 귀에 딱지가 앉을 지경이라니까요."

"정말입니까?"

"카, 카트린 의원님!"

"지금 얼굴 붉어진 거 보이시죠?"

"하하."

아직까지도 쌍팔년도 러브 코미디물의 액션을 보여주고 있는 마를린 영애. 그리고 그에 전력으로 호응해 주고 있는 카트린 의원과 엘리제 의원의 모습도 여전하다.

이전과 조금 달라진 점이 있다면 귀족의 예법을 거의 생략했다는 것. 변화하는 시대에 제대로 적응하는 모습을 보여주고 있으니 나 스스로도 제법 뿌듯하게 느껴질 정도다.

그 뒤로 고개를 돌려 인사를 나눈 것은 카스가노 유노를 비롯한 실리아 사람들.

"또 뵙는군요."

"네. 주, 아니, 이기영 명예추기경님. 그동안 잘 지내셨는지요."

그 외에 다른 인물들과도 형식적인 인사를 마친다. 어깨를 두드려 주거나 덕담을 나누는 쓸데없는 스몰톡을 하는 건 인맥 관리의 연장선. 함께 온 차희라 역시 반가운 얼굴들을 향해 인사를 건네고 있다.

그 와중에 정하얀은 카스가노 유노를 조용히 바라보고 있었는데 아마 오래전에 있었던 사건이라도 떠오른 모양.

괜스레 목구멍으로 침이 넘어가기는 했지만 잠시 후 위풍당당하게 콧대를 올리는 정하얀을 바라본 이후에는 참았던 숨을 내쉴 수 있었다.

"그나저나 명예추기경님, 갑작스레 수도에는 무슨 일로……."

"하하. 실은 교단에 볼일이 있어서 왔습니다."

"교단 말입니까?"

"네. 정확한 이유는 말씀드리기 힘들지만……."

"뭔가 문제가 생긴 모양이군요."

"아마 사소한 문제일 겁니다, 오스칼 님. 아직은 크게 신경 쓰실 정도는 아닙니다."

"안 그래도 최근에 교황청이 조금 어수선하다는 느낌을 받은 적이 있었는데…… 교단 내부의 일이나 제가 크게 간섭할 수는 없지만 분위기가 썩 좋지는 않은 것 같았습니다. 바젤 교황 성하도 최근에 근심이 많으신 얼굴이었고……. 뭔가 도움이 필요하시면 언제든지 말씀하셔도 된다고 전해주시겠습니까?"

"물론입니다. 아마 바젤 교황님 역시 기쁘게 받아들이실 겁니다. 어쩌면 오늘 내로 공식적인 발표 같은 게 있을 수도 있을 것 같고요."

"네."

'얘한테도 비밀로 하고 있는 건가?'

어느 정도 납득은 된다. 어차피 교국은 정치와 종교의 개념을 거의 완벽하게 분리하고 있으니까.

'얘도 걱정이 이만저만이 아니겠네.'

함께 움직이고 있었던 파트너가 갑작스레 발을 동동 구르고 있으니 옆에서 바라보고 있는 심정이 어떨지에 대해서는 설명할 필요도 없다. 침착한 모습을 보여주고는 있었지만 아마 속은 타들어 갈 것이 분명.

내가 아직은 신경 쓸 일이 아니라 못을 박아두기는 했지만 그럼에도 찝찝해하는 게 눈에 보일 정도였다.

그렇게 천천히 발걸음을 옮기고 있었을 때였다. 저 멀리서 다가오는 인원들이 시야에 비친 것. 누구인지는 뻔한 일이다.

신성기사단에게 둘러싸여 있는 바젤 교황이었다.

'인원이 꽤 많네.'

물론 일반적인 호위 병력이기는 하다.

하지만 현시점에서는 저 신성기사단에게도 의심의 시선이 머물게 된다.

기본적으로 별일 아닐 거라 생각하고 있는 마음이 컸지만 항상 최악의 상황을 가정하는 이놈의 멘탈 때문인지 별 쓸데없는 걱정들이 휘몰아친다.

물론 당장 걱정할 이유는 없다.

만약에 사건이 터지더라도…….

'전력은 충분해.'

굳이 초조한 모습을 보여 긁어 부스럼을 만들 필요는 없다는 거다.

지금 당장은 평소와 같은 모습을 보이는 게 더 유리한 것이 당연.

눈에 띄게 입꼬리를 올리자 저 멀리서 나를 본 바젤 교황 역시 입이 찢어지듯 미소를 보내오는 게 눈에 보였다.

거짓인지 아닌지 알 수 없지만 의심의 씨앗이 조금은 사그라진다. 현재 바젤 교황이 연기를 하고 있는 게 아니라면 교단에서 나를 제거하려는 움직임은 보이지 않을 것이다.

"바젤 교황님!"

"이기영 명예추기경!"

깜짝 놀랄 정도로 커다란 목소리가 튀어나온 것은 순식간이다. 어미 새를 기다리던 아기 새 같은 통한의 외침.

줄리엣의 죽음을 바라본 로미오의 목소리도 이처럼 격정적이지는 않을 것이다.

목소리에 들어선 것은 안도감과 그리움. 여기 자리한 다른 이들처럼 얼굴 본 지 꽤 됐으니 그럴 만도 했지만 예상보다 더욱 좋은 반응에 한숨 돌릴 수 있었다.

'좋아.'

성큼성큼 다가오니 함께 자리한 신성기사단의 발걸음도 덩달아 빨라지기 시작. 조금 더 가까이서 바젤 추기경의 얼굴은 확실히 눈에 띄게 수척해 보였다.

평소처럼 깔끔한 모습은 여전했지만 잠도 자지 못하고 밥도 먹지 못했는지 살이 많이 빠진 모습.

진청쓰레기를 수도로 옮길 때 보였던 모습이 불과 일주일 전 이건만 그때와는 확연히 다른 모습을 하고 있었다.

심지어 눈물이 고이고 있다.

그동안 얼마나 마음고생이 심했는지 알려주는 대목.

다 늙은 할아버지의 약해진 모습을 보자 손을 꽉 잡은 손에 괜스레 힘이 들어갔다.

내 손을 잡은 채 오스칼을 비롯한 의원단과 인사를 나누는 모습이 가관이다.

물론 격식에 어울리는 행동은 아니다.

바젤 교황이라면 하지 않을 실수였지만 그가 얼마나 심적으로 힘들었는지에 대해 알려주는 대목인 것 같아 마음이 찡해졌다.

"정말 큰일을 해주었네, 이기영 명예추기경. 린델로 찾아가지 못해 얼마나 신경이 쓰이던지……."

"신경 쓰실 정도는 아닙니다, 바젤 교황님. 주변에 알려진 것보다 몸 상태는 훨씬 괜찮습니다. 오히려 정말로 린델로 오셨다면 제 마음이 더 불편했을 겁니다."

"그런가……. 아암. 그렇지. 자네라면 분명 그렇게 생각했겠지. 잘 와주었네. 아주 잘 와주었어, 명예추기경."

"교단의 일입니다. 제 일이기도 하니 가만히 있을 수가 없었습니다. 많이 심란하시겠습니다."

"그렇지……. 명예추기경, 혹시 최근에 베니고어 여신님에게서 들려온 목소리는 없었나?"

"네. 최근에는……. 하지만 이런 일이 생기고 있으리라고는 꿈에도 생각하지 못했습니다. 이럴 것이 아니라 빨리 상태를 보는 게 좋을 것 같습니다, 바젤 교황님."

"그렇지. 여기서 이러고 있을 시간이 없지. 빨리 움직이세."

"예."

짧게 대답한 이후 서둘러 이동. 물론 소중한 내 호위 군단과 함께다. 바젤 교황의 반응 때문에 경계심이 조금 풀어졌지만 기왕이면 함께 움직이는 게 훨씬 좋으니까.

신성기사단에도 딱히 제지를 하고 있지 않은 것을 보면 아무래도 내 사람들이 함께 들어가는 걸 용인해 주고 있는 것 같았다.

'그만큼 나를 신뢰한다는 거네. 나쁘지는 않아.'

"바젤 교황님, 이상 현상이 생긴 시기가 정확히 어떻게 되는지 말씀해주실 수 있으십니까?"

"물론이네. 정확히 그저께 새벽 2시 즈음이라고 알고 있네. 여신상에 기도를 드리던 일반 사제가 최초로 발견했고 10분 이후에는 나 역시도 눈물을 흘리고 계시는 베니고어 님을 볼 수가 있었지. 면목 없지만 아직까지도 원인이 무엇인지에 대해 정확히 파악하지 못하고 있어. 이단심문관들과 주교 이상 사제들이 최선을 다해 움직이고는 있지만……."

"……."

"별다른 차도가 없네. 여신상이 있는 본당은 현재 주교급 사제만 출입할 수 있도록 제한하고 있고 혹시 모를 소문의 확산을 억제하기 위해 최대한 조심하고 있지만 어디 손바닥으로 하늘을 가릴 수 있겠는가."

'그럴 수밖에 없겠지.'

갑작스레 본 예배당의 출입을 제한하는 것은 물론 주교급 이상의 사제들의 얼굴이 푸르죽죽해졌다. 그 이하의 사제들에게서 이야기가 나오지 않는 게 이상한 상황이다.

계속해서 발걸음을 옮기는 와중에도 표정을 굳히고 있는 사제들의 모습이 눈에 들어오기 시작.

본당으로 들어가면 들어갈수록 어두워지는 분위기는 괜스레 식은땀을 흘러내리게 했다.

바젤 교황을 선두로 천천히 본당의 문을 열자 시야에 비치는 모습은 가관.

'왜 또 울고 난리야.'

그 이질적인 기괴한 현상에는 입을 벌릴 수밖에 없으리라. 물론.

'근데 저거 촉매로 쓸 수는 있는 건가…….'

마음의 눈에 들어오는 정보도 마찬가지였다.

[베니고어 여신상의 통한의 피눈물-준신화 등급]

[준신화 등급의 촉매로 분류되는 여신의 눈물입니다.]

'쓸 수 있겠는데?'

어떻게 쓸 수 있는지에 대한 정보가 적혀 있지 않아 뭐라 정확한 판단을 할 수 없지만 일단 사용할 수는 있다.

혹시나 신화 등급은 아닐까 기대했지만 시스템에서는 저 물건을 여신의 눈물이 아닌 여신상의 눈물로 분류하고 있는 모양. 쩨쩨하다고 생각할 수밖에 없었다.

'신화 등급을 얻으려면 베니고어라도 족쳐야 한다는 거네.'

조금 아쉽기는 했지만 이 장소에서 저런 물건을 만난 것 자체가 행운이다.

아직까지도 뺨을 타고 흘러내리고 있는 촉매를 채취하고 싶어진 것은 당연지사.

바젤 교황과 다른 이들이 함께 있지 않았더라면 일단 저 석상에 달라붙었을 것이다.

"신이시여……."

다시 한번 여신상을 살피기가 무섭게 바젤 교황의 탄식이 들려왔다. 계속해서 이곳에 자리해 있었음에도 불구하고 여전히 가슴이 미어지는 모양이다.

물론 이해가 되지 않는 것은 아니다. 바젤 교황은 교단 내에서도 믿음이 가장 확고한 신자 중 하나였고 실제로도 가장 순수한 신앙을 가지고 있었으니까. 여러 가지 정치 싸움과 알력싸움이 있기야 했지만 괜히 저 자리에 올라가 있는 게 아니다.

여신상의 외관과 더해진 그 모습은 확실히 숙연하게 느껴지기도 했다. 아마 그녀가 조금 덜 억울하게 생겼더라면 저렇게까지 슬퍼 보이는 모습을 하고 있지는 않으리라.

베니고어의 전체적인 외관은 미형이다. 물론 저 여신상의 모습이 실제 하늘에 있는 베니고어의 모습과 일치하는지는 모르겠지만, 기본적으로는 그녀는 어디에 놔도 꿀리지 않을 외형을 가지고 있다.

조금 특이 사항이 있다면 왠지 모르게 억울하게 생겼다는 것. 틀림없이 미형이긴 하지만 얼굴 곳곳에 억울함이 묻어나 있었다. 저런 얼굴로 피눈물까지 쏟아내니 정말로 여신이 슬

펴하는 모습처럼 보이는 것도 무리가 아니라는 거다.

"흐으으윽. 여신이시여……."

바젤 교황뿐만이 아니다. 이 자리에 모여 있는 주교급 이상의 사제들 정체 모를 탄식을 내뱉는다.

기도하는 척하며 빠르게 주변을 살폈다. 저 석상에서 무언가 다른 이상 현상이 터지지는 않을지 걱정된 탓이다.

'베니고어 여신님, 우리 사이 아직 그대로죠? 제 뒤통수를 노리고 있는 건 아니죠?'

여전히 대답은 들려오지 않는다.

다시 한번 신전 쪽 인사들의 눈치를 살폈지만 그들 역시 뭔가 움직이려는 낌새는 느껴지지 않는다. 나를 낚기 위해 이곳에 데려온 것도 아니고 베니고어 여신에게 언질을 받은 것이 아니다. 저들도 이 이상 현상의 원인이 무엇인지 모른다고 판단해도 될 것 같다.

아직 결론을 내리기는 이른 시기이기는 하지만 적어도 베니고어가 타락해 미쳐 버렸다는 뇌내망상은 내려놔도 괜찮을 것 같았다. 조금 아쉽기도 했지만 이것도 나쁘지 않다.

"어, 어떤가, 명예추기경. 여신님의 목소리가……."

"음……."

'이걸 뭐라고 해야 돼?'

고개를 끄덕이며 자신 있게 거짓말 파티를 열고 싶기는 했지만 일단은 고개를 젓는 게 당연. 하지만 뭔가를 깨달았다는 언질을 해준다면 교단 측의 반응을 볼 수 있을 것이다.

'생각을 정리할 시간이 필요하기도 하고…….'

입술을 꽉 깨물고 고개를 흔드는 액션을 한번 보인 것은 당연지사. 나라를 잃은 것 같은 표정을 유지하는 건 빛기영에게는 너무나도 쉬운 일.

입을 열자 시선이 집중되는 것이 느껴졌다.

"들리지 않습니다. 여신님의 목소리가…… 들리지 않습니다."

"허……."

"사, 사실…… 어째서 베니고어 여신님께서 이런 모습을 보이시는지 예상이 가는 부분이 있기는 있습니다. 물론 제가 경솔하게 입을 열기에는 이른 시기인 것 같지만……."

"그게 뭔가!"

'득달같이 달려드는데?'

사막을 수십 일 동안 헤매던 여행자가 오아시스를 발견한 듯한 표정.

'얘 이거 연기 아니네.'

아까부터 계속해서 생각하고는 있었지만 어서 말하라는 듯한 바젤 교황의 표정을 보자 어느 정도 확신이 든다. 아직 베니고어는 타락하지 않았다.

"죄송합니다만 바젤 교황님."

"어서 말해보게, 명예추기경."

"……괜찮으시다면 잠깐 자리를 피해주시겠습니까. 여신님과 단둘이……."

"아암. 그, 그렇게 하겠네. 그렇고말고! 뭣들 하는 게야. 어서 나가지 않고! 이기영 명예추기경이 여신님의 상태를 살펴보신다고 하지 않은가. 한 명도 빠짐없이 모두 본당에서 나가게! 시, 시간은 어느 정도면 되겠는가. 명예추기경."

"조금 오래 걸릴 수도 있을 것 같습니다. 너무 걱정하지 마시고 편하게 기다려 주십시오, 바젤 교황님. 여신님께서 진정으로 원하시는 게 무엇인지 제 모든 것을 걸고 꼭 밝혀낼 수 있도록 하겠습니다."

"부탁하네, 명예추기경. 잘 좀 부탁해."

'알겠으니까 손 좀 놔. 아프다…….'

"혹시라도 필요한 게 있으면 무엇이든지 말하게나. 무엇이든지!"

"네. 꼭 그렇게 할 수 있도록 하겠습니다."

"명예추기경이 와줘서 정말로 다행이야. 정말로……."

"아닙니다, 바젤 교황님."

'알겠으니까 빨리 나가라. 나도 머리 아프다.'

"꼭 좀 잘 부탁하네. 꼭!"

'좀 나가…….'

두 손을 꽉 붙잡은 채로 신신당부하는 탓에 결국에는 한참이나 지나고 나서야 바깥으로 나가는 이들의 모습을 확인할 수 있었다.

정하얀과 차희라를 비롯한 이쪽의 보험 역시 정말로 괜찮겠냐는 듯 나를 바라보기 시작.

조금 불안하기는 했지만 괜찮을 것 같다는 듯 고개를 끄덕이자 교황과 함께 발걸음을 옮기는 모습도 보였다.

저 여성 군단이 따로 어떤 시간을 보낼지 궁금하기는 하다. 하지만 지금 당장 급한 것은 저쪽이 아니라 이쪽.

'당연히 내 할 일은 해야지.'

생각이 복잡하기는 했지만 그래도 할 일은 하는 게 맞다.

항상 가지고 다니던 연금키트를 꺼낸 이후에는 곧바로 피눈물이 떨어질 것 같은 위치에 세팅했다.

'좋아.'

뚝뚝 떨어지고 있는 피눈물을 받아내는 빈 유리병이 괜스레 사랑스럽게 느껴졌다. 한두 시간 정도만 기다려도 가득 채워지리라.

"선물이나 하자고 뜬금없이 울고 있지는 않을 테고……. 얘 진짜 뭐 문제 생겼나?"

어떻게 생각해도 문제가 생길 여지는 없다.

'악마와 전쟁을 하는 것도 아닐 테고…….'

“어디에 감금된 것도 아닐 테고.”

내가 떠안겨준 수많은 업적이 전부 베니고어 여신의 공적치로 쌓여 있다는 걸 가정하면 오히려 행복에 소리를 질러야 하는 게 맞다. 어쩌면 이건 슬픔의 눈물이 아닌 기쁨의 눈물일 수도 있다.

인류를 하나로 만들어 대륙을 위기에서 벗어난 기쁨의 피눈물. 그렇게 생각해도 이상할 것 없다.

우스갯소리지만 목소리가 들려오지 않는 이유 또한 파티를 하느라 정신이 없어서일 수도 있다는 거다.

‘직무유기고 직무 태만이야.’

물론 방금 가정이 들어맞았을 경우의 확률은 확연히 낮다.

하지만 계속해서 목소리가 들리지 않고 저 피눈물에 대한 설명이 없다면 나로서도 어떻게 할 수 있는 변명이 존재하지 않는다. 원인을 파악하지는 못했으니 결과를 멋대로 파악하고 이용할 수밖에 없다.

일단 바젤 교황을 비롯한 교단 고위직들을 진정시키기 위한 변명은.

‘악마를 한 번 더 팔아먹으면 될 것 같은데…….’

구시대적인 발상이기는 하지만 이것만큼 좋은 게 없다.

곳곳에 숨어 있는 악마 하수인들을 빠르게 처리하라는 신탁. 그 악마의 하수인들로 인해 대륙의 정기가 훼손되고 있기 때문에 하늘에도 문제가 생겼다고 둘러대면 적절하리라.

안 그래도 악마 소환사 진청 말고도 처리해야 될 놈들을 몇 놈 솎아낼 참이었다.

이쪽에 비협조적이었던 인물들은…….

“전원 악마 관계자니까. 대륙의 미래를 위해서는 어쩔 수 없는 거고…….”

교국과 마도 왕국, 공화국은 굳이 말할 필요도 없다. 전쟁이 시작된 이후에 멀뚱멀뚱 구경만 하고 있었던 개자식들 역시 마찬가지다.

‘중립이 제일 병신이다’라는 명언처럼 녀석들 역시 아무것도 선택하지 않은 것에 대한 책임을 져야 한다. 물론 모두를 적으로 만든다는 소리는 아니다. 전쟁이 일어나면 이전의 생쇼가 전부 무의미해지는 만큼 핵심 인물 몇 명만 추려내도 될 것 같았다.

마도 왕국의 원로 마법사 메디리브. 세상의 균형 어쩌고저쩌고 지껄이는 이 개자식이 기거하고 있는 마법사의 탑은 사실…….

“악마의 첨탑이었던 거지……. 정말 큰일 날 뻔했어. 하마터면 악마한테 당할 뻔했네.”

전쟁을 일으키는 데 가장 앞장섰던 공화국의 대장군.

“악마 72군단장의 하수인, 72군단장들의 쉼터. 기회를 줄 수야 없지."

아무것도 가담하지 않았던 왕국 내에서도 솎아낼 이들이 많다.

악마의 협곡에 기거하고 있는 악마 협곡 관리자. 바다를 오염시키는 데 일조하고 있는 악마 하수인 총괄 해협의 군주.

한 개인이 아니라 단체 단위로 조져야 되는 이들이 많다.

물론 싸울 수 있는 병력들이 사라진다는 건 가슴 아프기는 하지만 어차피 이런 놈들은 있어도 도움이 안 되는 놈들이다.

언제 뒤통수를 칠지 모르는 이들이기도 했고 가만히 놔두기에는 세상에 위협이 되는 존재들이라는 거다.

명분도 있겠다. 이유도 있겠다. 이번 기회에 싹 한 번 쓸어버리는 것도 나쁘지 않으리라.

고개를 끄덕이는 것은 당연지사. 내가 생각해도 나쁘지 않은 변명이다.

대륙에 퍼져 있는 악마 관계자를 전부 처리하는 과업이 순식간에 완료되지는 않을 테니 시간을 질질 끌다 다른 이유를 생각해 놓으면 된다. 바젤 교황이라면 충분히 내 생각에 공감해 줄 것이다.

벌써부터 악마 관계자 여러분들의 리스트를 하나둘 머릿속으로 정리하게 된다.

'정보는 진청한테 받았다고 하면 되겠네.'

녀석이 악마 관계자들을 전부 밀고했다고 조작하면 충분히 그럴듯한 내용을 완성할 수 있을 거라는 생각이 들었다.

'괜찮아. 괜찮아.'

하늘에서는 문제가 생겼을지 모르겠지만 땅에는 문제가 없다. 오히려 너무 잘 풀리고 있어 행복해질 정도. 괜스레 고마운 마음이 들어 저도 모르게 여신상의 어깨를 툭툭 두드렸을 때였다.

"진짜 억울하게 생겼네."

[제발. 흐으으윽. 제발…… 주신이시여……. 제발…….]

"뭐?"

[내 목소리 들려? 내 목소리 들려? 이기영 이 개자식아! 허어어어엉…….]

"뭐야?"

[내 목소리 들리냐고!]

"들리는데……."

[살았다……. 살았어. 다행이다. 정말…… 정말로 다행이다. 감사합니다. 정말로 감사합니다. 이기영 명예추기경. 우, 우리 사랑스러운 이기영 명예추기경! 나 배신한 거 아니야. 그런 생각은 한 적도 없어. 절대로 한 적 없다고. 전부 다 사정이 있어서 그런 거야. 천천히 설명해 줄 테니까. 허튼짓하지 마. 이상한 짓 하지 말고 우리 지금처럼만 가자. 허튼짓하지 마. 절대!!!]

'뭐야 이건…….'

잠깐 석상에서 손을 떼자마자 들려오지 않는 목소리.

편한 방법 놔두고 어째서 이런 방법으로 접선을 하는지 궁금할 수밖에 없었다.

다시 한번 살포시 손을 올려놓자 다시금 목소리가 들려오기 시작했다.

[나는 너 좋아해. 한 번도 배신한다거나 그런 생각은 한 적도 없어. 으응. 그렇고말고. 쓰레기라거나 나쁜 새끼라고 생각한 적도 없고…… 우리 사이 좋았잖아. 그러니까 우리 서로에게 해가 되는 일은 하지 말자. 타락한 신 베니고어. 그거 아니야. 나는 타락한 적도 없고 대륙을 적으로 돌린 적도 없어. 다시 한번 생각할 수 있지?]

천천히 고개를 끄덕였지만 폭포수처럼 쏟아져 오는 말은 멈출 생각을 하지 않는다.

한참이나 타락한 신 계획에 대해 떠들고 있었던 베니고어가 결론을 이야기한 것은 바로 직후였다.

[나…… 파산했어.]

'무슨 파산을 해?'

[나…… 파, 파산해서 그래……. 아무것도 없어서…… 그래서 자꾸…… 눈물이 나오고…… 막 그러는 거야. 절대로 그런 거 아니야. 타락한 거 아니라고……. 흐으으윽. 그러니까 제발

그런 짓 하지 마.]

이걸 유용한 정보라고 할 수 있는지 모르겠다.

일단 조금 기쁘기는 하다. 내 가설이 아주 약간은 들어맞았다는 거니까.

악마는 계약으로 실적을 올리고 신들은 믿음으로 실적을 올린다. 그녀가 파산했다고 말했다는 건 수중에 있는 돈을 모두 잃었다는 게 아니라 아마 보유하고 있는 신성을 잃었다고 표현한 것이리라.

[맞아.]

'어떻게 그동안 모은 신성을 다 날릴 수 있는 건데? 이해할 수가 없는데. 사치라도 부린 거 아니야?'

[뭐? 이, 이 개새끼. 이 쓰레기 새끼! 네 입에서 그딴 소리가 나와?!]

'…….'

[아니지. 아니지. 이러면 안 되지……. 내가 미안해. 내가 정말로 미안해……. 이기영 명예추기경, 내가 가장 아끼는 신도가 이기영 명예추기경인거 알지? 나 타락하지 않았어. 그러니까 그런 짓 하면 안 돼.]

'…….'

화를 냈다가 살살 달래는 이중인격 사이코의 모습은 충분히 타락했다고 할 만했다. 하지만 일말의 정신은 유지하고 있는 모양.

일단 어째서 이런 형태로 연락을 취했는지가 가장 궁금했다. 퀘스트를 생성하는 데도 신성이 들어간다고 생각은 하고 있었지만, 겨우 그것조차 보내지 못할 경우에 대해서는 상상하지 못했으니까.

"……."

[……]

사실 고민할 필요도 없다.

쉽게 답을 줄 수 있는 존재가 바로 눈앞에 있지 않은가.

"우리 베니고어 여신님, 이 미친한 신도가 뭘 궁금해하는지 알고 계신지요?"

[기…… 본적인 퀘스트는 이미 정해져 있어. 예를 들어 전직 퀘스트나 던전에 들어갔을 때 받을 수 있는 퀘스트는 시스템이 관리하고 있고…… 강제 퀘스트나 개인에게 보내는 퀘스트 같은 경우에는 달라. 우리가 직접 신성을 사용해 보내는 거야. 당연히 상상할 수 없을 정도의 신성이 소모돼. 신은 인간의 일에 개입할 수 없어. 원래 그게 원칙이야. 강제 퀘스트 같은 경우는 그 법칙에 위배되는 행위고. 물론 그 내용이나 난이도에 따라 들어가는 신성이 천차만별로 달라지기는 하지만 어쨌든 그래. 완료 이후에 지급되는 보상도 마찬가지고.]

'좋은 거 알아가네.'

[기존에 있던 신성은 전부 다 털렸고 빌리고 빌렸던 신성도 전부 다 털어 넣었어. 내 자랑스러운 신도…… 이기영…… 끄읍…… 명예추기경을…… 후읍…… 위해서.]

"그래서 우리 베니고어 여신님께서 파산했다는 원인이 저라고 말씀하시는 거 같은데. 그런 건 아니시죠?"

[무, 물론…… 전부 내 잘못이지. 전부……. 아, 아무튼 그래서 이런 식으로밖에 접선할 수 없었어. 강제 퀘스트를 생성할 수도 없고……. 그렇게밖에 할 수가 없었으니까.]

"신이 베니고어 여신님 한 분밖에 없는 건 아니지 않습니까. 엘룬 쓰레기도 있고…… 다른 분들을 통해서도 연락을 해주시면 되셨는데……. 비록 잠시뿐이었지만 어째서 이 신도를 저버리신 건지 궁금합니다."

[서, 설명할 수 있어! 이 대륙을 관리하는 다른 이들 역시 마찬가지야. 엘룬, 바리안, 그밖에 다른 신들도 전부 파산 상태야. 내가 여기저기에서 신성을 많이 당겨 써서 그래……. 어쩔 수 없는 상황이 너무 많아서…… 그래…… 심지어 외부에서도…… 일이…… 조금 안 좋게 됐거든. 질 나쁜 놈들한테 걸려들어서…….]

'대륙 운영을 똥구멍으로 했나.'

[그런 건 아니야. 나…… 나의 자랑스러운 이기영 명예추기경. 그, 그리고 그런 말은 신성모독이야.]

아니라고 부정하고는 있지만 확실히 운영을 똥구멍으로 했다는 생각밖에 들지 않는다.

도대체 어떤 식으로 관리했길래 잘 굴러가던 대륙을 순식간에 말아먹을 수 있단 말인가.

베니고어 하나의 파산이라면 이해가 가지만 이 대륙을 관리하고 있던 모든 이가 줄줄이 소시지처럼 무너지고 있다는 소식은 충분히 당황스러울 만했다.

이런 예가 적절할지는 모르겠지만 이 대륙은 하늘 위의 존재들의 작업장 같은 곳이다.

이들은 이 대륙을 통해 신성을 얻고 그 신성으로 이 대륙을 관리한다. 당연히 써야 할 일도 많을 것이다. 악마들도 견제해야 하고 자연적인 일도 해결해야 할 테니까.

심지어 사제들이 사용하는 신성력의 일부도 그들의 힘이라 가정한다면 더욱더 그렇다.

게다가 대륙은 이미 인구가 적정선을 유지하고 있다. 더 이상 쉽게 늘어나지 않는다는 거다.

그런 대륙에서 받아들일 수 있는 신성은 많지만 한정적일 터. 그런데도 그걸 모르고 졸부처럼 펑펑 써댔으니 이 비참한 최후는 어쩌면 예정된 이야기라 볼 수 있으리라.

여기에서 심각한 듯 질질 짜고 있지만 결국에는 이 모든 게 자기 자신 탓이라는 거다.

'이야기가 어떻게 흘러갔는지 눈에 보이네.'

위에도 비슷한 개념인지는 모르겠지만 인간 세상을 기준으로 생각해 본다면 이렇다.

베니고어가 엘룬 쓰레기나 바리안 같은 이들을 대상으로 신성을 빌렸고 그걸로도 모자라 주변 왕국의 신들도 끌어들인 것. 대륙의 신들은 결국 집단 보증까지 쓰게 됐고 보증에 힘입어 베니고어는 외부에서도 신성을 끌어다 썼다.

아주 잠깐은 행복했을 거다. 낭낭한 신성으로 낭낭한 생활을 즐기고 있었을 테니까.

하지만 행복했던 시간도 잠시. 어느 날을 기점으로 외부에서 끌어다 온 신성이 문제가 되어버린 것이다.

하늘 위에 IMF가 터져 버린 거나 다름이 없는 상황.

어째서 베니고어가 친절하게 달라붙는지도 어느 정도 이해할 수 있었다.

'이거 망할까 봐 걱정하는 거네. 햐……. 대단하네. 대단해.'

지금도 신성은 고정적으로 들어오고 있는 게 틀림없다.

여기서 타락한 신이 어쩌고, 악의 오염을 받은 베니고어가 미쳤다 어쩌고 하는 이야기가 나도는 순간 신도가 줄어들게 되는 것은 당연한 일.

심지어 악신으로 몰린 베니고어의 여신상을 때려 부수려 폭도들이 들어올지도 모른다.

물론, 이건 어디까지나 타락한 베니고어 작전이 잘 먹혔을 때의 경우지만 반만 성공한다고 하더라도 퀘스트 하나 보낼 여력이 없어 허덕이는 베니고어에게는 충분히 위협적으로 다가올 것이다.

신들의 신성이 전부 털렸을 때 어떤 결과를 맞이하는지는 모르겠지만 어떻게 생각해도 반가운 상황은 아니다.

소멸되거나 지상으로 떨어질 수도 있다.

"그렇지 않습니까?"

[…….]

"이거, 이거……. 우리 베니고어 여신님께서 지금 많이 힘드신가 봅니다."

[이래서 눈치 빠른 개…….]

"뭐라고요?"

[아니……. 그, 그렇지 않아. 이기영 신도. 대부분 맞는 이야기이기는 하지만 나는 항상 이기영 신도에게 친절했는걸.]

"처음엔 그렇지 않았잖아요. 베니고어 여신니임."

[그, 그, 그건 엘룬이야. 엘룬이 네 담당자였어. 중간부터는 담당자가 바뀐 거라. 나도 잘 모르는 내용이고 어쩔 수 없었다고. 생각해 봐, 나의 사랑스러운 아들 이기영 명예추기경. 내가 이기영 명예추기경한테 해준 것들. 빛 폭탄 물약도 있고! 준신화 등급의 직업도 있고! 그 외에도 여러 가지로 힘, 힘써줬잖

아? 내가 이기영 명예추기경을 싫어할 이유가 뭐가 있겠어. 신도들도 늘려주고 베니고어 교단을 위해 최선을 다해 힘써주고 있는데. 우리는 한 팀이잖아. 처, 처음에는 엘룬이 담당자였어. 정말이야! 엘룬 쓰레기 그 자식이 담당자였다니까!]

"그 자식 정말로 구제 불능 쓰레기네."

[나…… 도 가끔 그렇게 생각해. 자기 딸도 팔아치운 놈인데, 뭐. 나는 절대로 내 아들딸들을 버리지 않아. 특히나 우리 이기영 명예추기경 같은 이들은 절대로 소홀히 하지 않지. 내가 언제 섭섭하게 한 적 있었어? 우리는 한 팀이잖아. 한 팀.]

정말로 엘룬 쓰레기가 내 담당자였을 확률은 적을 거라고 생각했지만 녀석의 쓰레기력이라면 그럴 만도 하다.

[안 그래도 엘룬은 소문이 별로 안 좋아. 엮여서 별로 좋을 것도 없고 그보다 이기영 명예추기경. 할 말이…….]

"아니, 아니, 내가 먼저 할게."

[으응……. 그렇게 해. 나의 자랑스러운…….]

"안 그래도 이런 기회가 생기면 물어보고 싶었던 게 있었거든 그동안은 일방적이었지만 드디어 양방향으로 대화할 수 있는 창구가 생긴 거잖아. 물어볼 게 많으니까 서론은 집어치우고 이야기할게. 일단 궁금한 거 첫 번째. 지금 너는 어디에 있지? 여기 여신상에 들어가 있는 건가?"

[맞기도 하고 아니기도 해. 정확히 말하면 아니야. 본신은

여전히 위에 있지만…… 인간의 개념으로는 설명하기 어려워.]

"그래?"

[어딜 만져, 이 새끼야!!]

"없다며."

[일부만 숨어 있는 거야. 이, 일부만……. 일부만…… 숨어 있는 거라고. 빚 갚으라고 독촉하는 새끼들 때문에…… 이 개새, 아니, 나의 사랑스러운 이기영 명예추기경.]

"진즉에 그렇게 말하지 그랬어요. 그리고 겨우 여신상 한 번 쓰다듬은 거 가지고 왜 이렇게 과민반응하고 그래. 어차피 느껴지지도 않을 거면서. 그런데 너 진짜 이렇게 생겼어?"

[비슷해……. 꿈에서 내 모습을 본 적이 있는 조각가의 기억으로 만들어진 거니까. 그럼 이게 두 번째 질문이야?]

"아니야. 그건 그냥 궁금해서 물어본 거고. 생각보다 예쁘네. 솔직히 내 타입이야."

[그, 그런 말 많이 듣기는 해……. 그, 그래도 그런 말은 하면 안 돼. 신성모독이니까.]

"음……. 아무튼 두 번째 질문. 인간은 죽으면 어떻게 되지?"

[뭐?]

"인간은 죽으면 어떻게 되는 거냐고. 솔직히 궁금하잖아. 네가 너 자신도 모르는 초월적인 존재를 만났다고 상상해 봐. 물어보고 싶은 게 당연할걸."

[……]

"……"

[오해하지 말고 들어, 명예추기경. 베니고어의 이름을 걸고 말하는 건데…… 그건 나도 몰라.]

"뭐?"

[정확히 어떻게 되는지는 나도 몰라. 그건 내 권한이 아니야. 우리도 말할 수 있는 부분과 말할 수 없는 부분이 있어. 보안이 걸려 있는 문제와 그렇지 않은 문제가 있다는 거지. 근데 그건…… 그 질문은 어디에도 통용되지 않아. 아예 모르는 일이야. 인간의 죽음뿐만이 아니라 모든 생명의 죽음도 마찬가지야. 우리가 소멸되면 어떻게 되는지 나도 몰라. 믿을지는 모르겠지만 믿어줬으면 좋겠어.]

"음…… 믿을게."

[정말?]

"정말. 어차피 정말로 들을 수 있다는 기대도 안 했으니까. 왠지 모를 것 같다고 생각하고 있었고. 그럼, 보안이 걸려 있는 이야기는 해줄 수 있다는 거네?"

[그것도 무리야. 물론 할 수 있으면 좋겠지만 보안이 걸려 있는 이야기는 누군가에게 전하지 못하게 되어 있어. 내가 입을 연다고 한들 네게 목소리가 전달되는 일은 없을 거야.]

"그럼 개뿔 알려줄 수 있다는 게 없다는 거 아니야?"

[질문에 따라 달라. 궁금한 게 뭐야?]

"……."

[…….]

"우리를 여기에 끌고 온 이유는 뭐야?"

[…….]

"나무라는 건 아니야. 나는 지금 이 생활에 굉장히 만족하고 있으니까. 이것도 그냥 궁금할 뿐이야."

[보안이 걸린 일은 아니네. 하지만 자세히는 이야기할 수 없는 내용이기도 해. 정확히 말하면 우리가 너희를 끌고 온 게 아니야. 저쪽에서 너희를 떠넘겼고 우리는 그걸 받아준 거지.]

"무슨 소리야……. 지구에서 우리를 떠넘겼다고?"

[정확한 내용은 이야기해 줄 수 없어. 하지만 정말이야. 물론 이방인들에게는 받아들이기 힘든 일이고 가혹한 일이라는 건 알아. 튜토리얼 던전이라는 게 그렇지. 하지만 그것도 어쩔 수 없었어. 들어온 인간 모두를 받아들일 수는 없으니까. 물론 방법이 폭력적이었다는 것도 인지하지만 그것 역시 우리가 결정한 사항이 아니야. 하지만 내 이름을 걸고 맹세컨대 이건 어쩔 수 없는 일이었어. 미안…… 내가 이야기해 줄 수 있는 건 이게 끝이야. 어째서인지 도대체 어떻게 일이 진행된 건지는 전부 다…… 말할 수 없어.]

"보안이라 이거지."

[정말 유감이야.]

“뭐가?”

[차, 차원에 버림받았다는 이야기……. 정말 유감이야.]

왜인지는 모르겠지만 뭔가 나를 불쌍하게 여기는 듯한 목소리였다.

to be continued

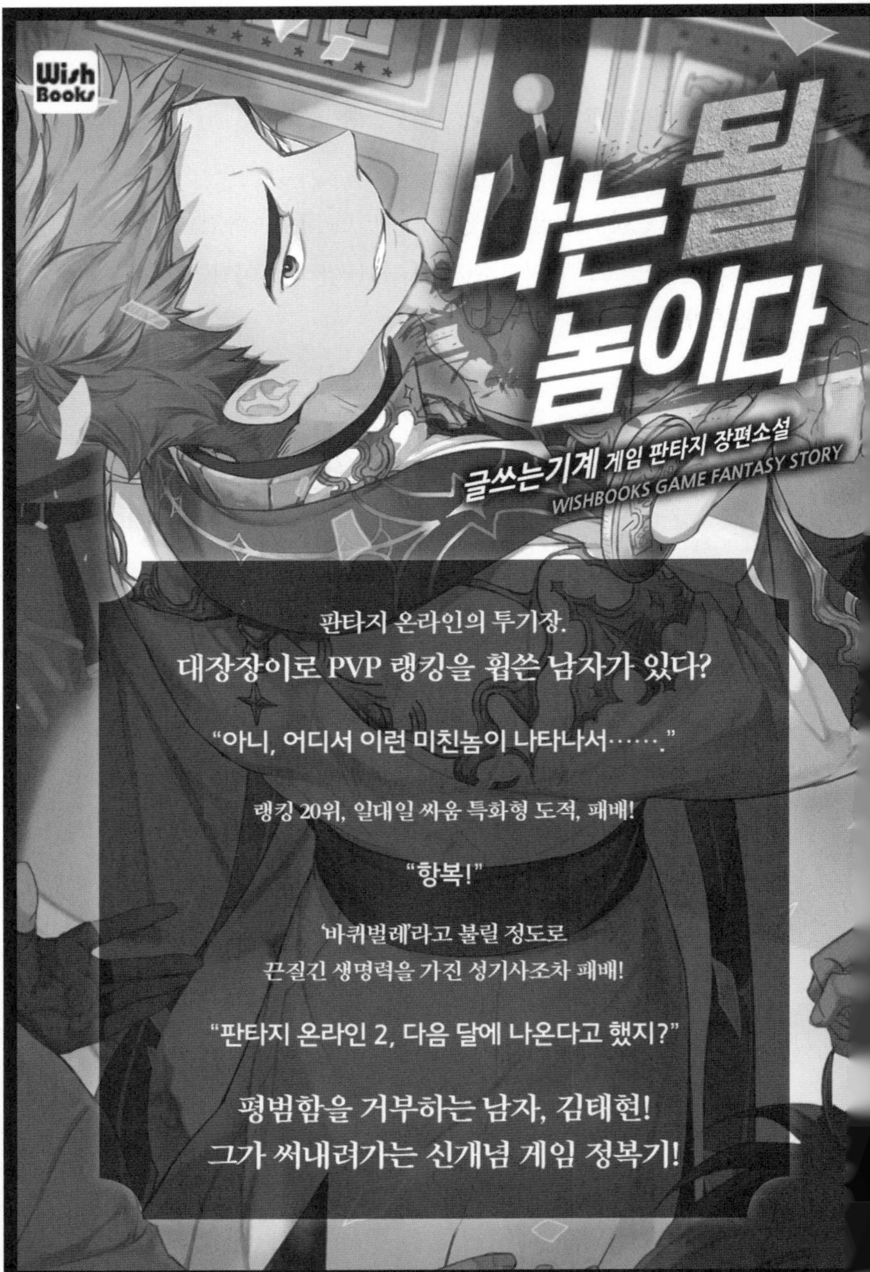

판타지 온라인의 투기장.

대장장이로 PVP 랭킹을 휩쓴 남자가 있다?

"아니, 어디서 이런 미친놈이 나타나서……."

랭킹 20위, 일대일 싸움 특화형 도적, 패배!

"항복!"

'바퀴벌레'라고 불릴 정도로
끈질긴 생명력을 가진 성기사조차 패배!

"판타지 온라인 2, 다음 달에 나온다고 했지?"

평범함을 거부하는 남자, 김태현!
그가 써내려가는 신개념 게임 정복기!